미야모토 무사시 6

불패의 검성劍聖
미야모토 무사시 6
하늘天의 장

초판 1쇄 발행	2015년 1월 20일
초판 5쇄 발행	2019년 4월 30일
지은이	요시카와 에이지
옮긴이	강성욱
펴낸이	한승수
펴낸곳	문예춘추사
편 집	신주식 고은정
마케팅	심지훈
디자인	오성민
등록번호	제300-1994-16
등록일자	1994년 1월 24일
주 소	서울특별시 마포구 연남동 565-15 지남빌딩 309호
전 화	02 338 0084
팩 스	02 338 0087
블로그	moonchusa.blog.me
E-mail	moonchusa@naver.com
ISBN	978-89-7604-215-6 04830
	978-89-7604-209-5 04830(전 10권)

不敗의 劍聖

미야모토 무사시

6天
하늘의 장

요시카와 에이지 吉川英治 지음
강성욱 옮김

문예춘추사

차례

하늘의 장

납치

       기소지會木路로 접어들자 아직도 곳곳에 잔설이 보였다. 고갯마루의 분지에서 완만한 곡선으로 뻗어 나간 눈 덮인 고마가타케駒岳의 습곡과 불그레하게 싹을 틔우고 있는 나무들 너머로 온타케御岳의 하얀 속살이 드문드문 보였다. 그러나 사람들이 다니는 길과 밭에는 연둣빛이 가득했다. 바야흐로 천지에 생명의 기운이 왕성한 계절을 맞아 어린 풀들은 하루가 다르게 쑥쑥 자라고 있었다.

  조타로의 식욕도 그런 자연의 이치에 순응해서 부쩍 왕성해졌다. 근래에는 특히 머리카락이 자라듯 키도 훌쩍 큰 것처럼 보일 때가 있었는데, 그럴 때의 모습은 언뜻 성인이 된 조타로를 연상시켰다.

  어린 나이에 부모와 떨어져 세상의 모진 풍파에 시달리던 조타로가 함께하게 된 사람도 역시 떠돌아다니는 사람이었다. 길을 떠돌며 고생해서인지 나이에 비해 조숙해지는 것은 어쩔 수 없지만, 근래 들어 불쑥불쑥 드러나는 조타로의 거친 성격 때문에 오츠는 울 때가 많았다.

'대체 어쩌다 저 아이와 이렇게 정이 들고 만 것일까?'

오츠는 속절없이 한숨을 쉬며 조타로를 노려보기도 했지만 아무런 효과가 없었다. 무엇보다 조타로는 오츠의 마음을 꿰뚫어 보고 있었다. 아무리 오츠가 무서운 얼굴을 하고 노려보더라도 조타로는 그녀가 마음속으로 자신을 무척 귀여워하고 있다고 생각하고 있었다. 그런 뻔뻔함이 봄을 만나자 조타로는 길을 가다가도 먹을 것만 보면 식욕 때문에 오츠를 졸라 댔다.

"오츠 님, 저거 사 줘요."

조금 전에 지나온 스하라須原의 길거리에서도 전병을 보고 사 달라고 졸랐었다.

"이게 마지막이야."

오츠가 그렇게 다짐을 두고 사 줬는데도 오 리里도 못 가서 전병을 뚝딱 먹어 치우고는 또 먹는 타령이었다. 네자메寢覺에서 음식점의 자리를 빌려 이른 점심을 먹었기 때문에 한동안 잠잠했지만, 고개 하나를 넘고 아게마쓰上松 부근에 이르자 슬슬 먹는 게 생각나는 모양이었다.

"오츠 님, 곶감이 매달려 있어요. 곶감 먹고 싶지 않아요?"

소를 타고 있는 오츠가 아무 말도 못 들은 척하자 곶감은 그냥 넘어갔지만, 얼마 후 기소에서 가장 번화한 시나노信濃 후쿠시마福島에 이르자, 마침 해도 기울고 배도 고플 무렵이니 쉬었다 가자며 투정을 부리기 시작했다.

"쉬었다 가자고요, 네?"

조타로는 콧소리를 내며 더 이상 꼼짝도 하지 않을 표정이었다.

"응, 저기 콩가루로 만든 찹쌀떡 먹어요. 찹쌀떡 싫어요?"

이쯤 되면 떼를 쓰는 것인지 협박을 하는 것인지 알 수가 없었다. 그 오츠가 타고 있는 소의 고삐를 잡고 가는 것이 조타로였으니 그가 걷지 않는 이상 아무리 뭐라 해도 떡집 앞에서 한 발자국도 벗어날 수가 없었다.

"그만, 적당히 해."

마침내 오츠가 길바닥을 핥고 있는 소의 등 위에서 조타로를 째려보며 소리쳤다.

"그렇게 내 속을 썩이면 먼저 간 무사시 님에게 일러 줄 테다!"

오츠가 그렇게 말하며 소에서 내릴 시늉을 하자 조타로는 씩 웃으며 말리기는 커녕 바라만 봤다. 그는 오츠가 앞서 가는 무사시에게 이르러 가지 않으리라는 것을 잘 알고 있다는 표정으로 심술궂게 물었다.

"어떻게 할 거예요?"

소 등에서 내린 오츠는 어쩔 수 없다는 듯 떡집 안으로 들어가면서 말했다.

"자, 빨리 주문해."

"아주머니, 떡 이 인분만 주세요."

조타로는 신이 나서 외치고는 처마 끝 말뚝에 쇠고삐를 맸다.

"나는 안 먹을 거야."

"왜요?"

"그렇게 먹어 대면 머리가 멍청해질 게 뻔할 테니 말야."

"그럼, 오츠 님 것까지 내가 먹어야지."

"정말 못 말리겠구나."

조타로는 먹을 동안에는 누가 무슨 말을 해도 귀에 들어오지 않는 듯했다. 몸을 구부릴 때마다 옆구리에 커다란 목검이 자꾸 걸려 방해가 되는지 그는 목검을 획, 등 뒤로 돌리더니 길거리를 두리번거리며 게걸스럽게 떡을 먹어 댔다.

"한눈팔지 말고 빨리 먹어."

"웅?"

무엇을 봤는지 조타로는 쟁반에 남아 있는 마지막 떡을 급히 입안으로 집어넣고는 길가로 뛰어나가서 손 그늘을 만들어 무언가를 바라보고 있었다.

"이젠 됐지?"

오츠가 떡값을 두고 가게에서 나오자 조타로는 오츠를 다시 안으로 끌고 들어가서 말했다.

"잠깐만."

"또 무슨 떼를 쓰려고?"

"방금 저편에 마타하치가 지나갔단 말예요."

"거짓말."

오츠는 믿지 않았다.

"그 사람이 여길 지나갈 이유가 없잖아."

"이유가 있든 없든 방금 저 앞으로 지나갔단 말예요. 삿갓을 쓰고 있었는데 오츠 님은 눈치 못 챘어요? 우리를 물끄러미 보고 있었는데."

"정말?"

"그렇게 못 믿겠으면 불러올까요?"

말도 안 되는 소리였다. 오츠는 마타하치 이름만 들어도 얼굴에 핏기가 가시고 병에 다시 걸릴 지경이었다.

"아니야, 됐어. 신경 쓰지 마. 혹시 무슨 짓을 하면 앞서 가고 있는 무사시 님께 달려가서 모시고 오면 되니까."

여기서 이렇게 계속 마타하치를 두려워하고 있다가는 몇 정丁 앞서서 가고 있는 무사시와의 거리가 더 벌어지게 될 것이었다. 오츠는 다시 소 등에 올라탔다. 아직 몸이 완전히 좋아진 것은 아닌지 갑자기 마타하치 얘기를 듣자 좀처럼 가슴이 진정되지 않았다.

"오츠 님, 난 당최 이해할 수가 없어요."

갑자기 조타로가 그렇게 말하더니 오츠를 돌아봤다.

"뭐를 이해할 수 없는가 하면, 마고메馬籠 고개의 폭포까지는 스승님과 이야기도 하면서 사이좋게 세 사람이 왔는데, 그 뒤로는 전혀 말을 하지 않잖아요."

오츠가 대답을 하지 않자 다시 물었다.

"오츠 님, 대체 왜 그러죠? 스승님과 길도 따로 가고 밤에도 다른 방에서 잠자고. 싸웠어요?"

미야모토 무사시 6_하늘天의 장

또 쓸데없는 질문을 하는구나 싶었다. 배가 부르자 이번에는 아이답지 않게 쉴 새 없이 둘의 사이가 어떤지 물어보거나 놀리기까지 했다.

오츠는 가슴 아픈 곳을 찔린 듯 아무 말도 하지 못했다. 몸 상태가 좋아져서 소를 타고 길을 나섰지만 그녀의 병보다 중요한 문제는 아직 해결된 것이 아니었다. 마고메 고개의 여남 폭포에서의 일은 여전히 그녀의 가슴속 깊이 남아 있었다. 그 일을 생각할 때마다 그녀의 귓가에는 자신의 울음소리와 무사시의 성난 목소리가 생생하게 들려왔다.

'내가 왜 그랬을까?'

오츠는 왜 무사시의 솔직하고 뜨거운 욕망을 온몸으로 거부했는지 이유를 생각해 보았다.

'왜? 왜, 그랬을까?'

오츠는 마음속으로 후회하기도 하고 이해하려고 노력도 했다.

'모든 남자들이 여자에게 그것을 강요할까?'

그 여남 폭포 사건 이후로, 오츠가 오랫동안 가슴에 품어 왔던 고귀한 사랑은 그 폭포수와 같이 끊임없이 가슴을 뒤흔들며 슬픔과 비참함으로 변하고 말았다. 그리고 그녀가 더 알 수 없는 것은 무사시의 강한 포옹을 뿌리치고 도망쳤음에도 무사시를 잃어버릴까 봐 안절부절못하며 그의 뒤를 따라가는 자신의 모습이었다. 그 일이 있은 후로 서로 어색해하며 좀처럼 말도 하지 않고 함께 걷는 일도 없었다. 하지만 앞서가는 무사시는 에도까지 함께 가자는 약속을 져 버릴 생각은 없는 듯, 조타로 때문에 이따금씩 시간을 지체해도 어딘가에서 반드시 자신들을 기다리고 있었다.

후쿠시마를 벗어나자 흥선사興禪寺 모퉁이의 오르막길 너머로 검문소 울타리가 보였다. 세키가하라 전투 이후로 낭인이나 여자들의 통행에 검문검색이 심해졌다고 하지만 오츠는 가라스마루가에서 받은 증명서가 있었기 때문에 쉽게 지날 수 있었다. 검문소 양쪽에 늘어선 주막을 쳐다보며 지나가는데 조타로가 불쑥 물었다.

"보현普賢이 뭐지? 오츠 님, 보현이 무슨 뜻이에요?"

"보현?"

"응. 저기 주막에서 쉬고 있던 중이나 사람들이 누나를 보고 그렇게 말했어요. 소를 타고 가는 보현 같다고 하던데요."

"보현보살을 말하는 걸 거야."

"보현보살? 그럼 난 문수보살이다. 보현보살과 문수보살은 언제나 붙어 다니니 말이야."

"먹보 문수보살이겠네?"

"울보 보현보살과 딱 어울리네."

"또!"

오츠가 얼굴을 붉히며 싫은 표정을 짓자 조타로는 또 이상한 말을 중얼거렸다.

"문수보살과 보현보살은 남자와 여자도 아닌데 어째서 그렇게 늘 같이 다닐까?"

오츠는 절에서 자랐기 때문에 그에 대해 잘 설명할 수 있었지만, 조타로가 또 집요하게 질문을 해 댈까 봐 간단하게 알려 주었다.

"문수는 지혜, 보현은 행원行願을 의미하는 부처님이야."

그때, 어느 틈엔가 소의 뒤를 따라온 사내가 새된 목소리로 그들을 불러 세웠다.

"어이!"

그는 후쿠시마에서 조타로가 얼핏 보았던 혼이덴 마타하치였다. 이곳에서 기다리고 있었던 게 분명했다.

'비열한 사람.'

오츠는 마타하치의 얼굴을 보자 치밀어 오르는 경멸을 어쩔 수가 없었다.

"……."

마타하치도 오츠를 보는 순간, 애증이 뒤섞인 감정에 사로잡혀 미간이 꿈틀거리고 이성을 잃은 듯했다. 그는 무사시와 오츠가 교토를 떠나 같이 동행하는 것을 두 눈으로 똑똑히 보았다. 그 후, 서로 말도 하지 않고 서먹서먹한 듯 따로 떨어져 가는 것도 필시 낮에 사람들의 눈을 피하자는 속셈일 거라고 생각했다. 그런 만큼 사람들이 보지 않을 때에는 얼마나 서로 정염에 불타겠는가, 하는 잘못된 상상을 하고 있었다.

"내려."

마타하치는 소 위에서 고개를 숙이고 있는 오츠를 향해 명령하듯 말했다.

"⋯⋯."

오츠는 아무 말도 하지 않았다. 이미 마음에서 지운 사람이었다. 아니, 이미 몇 년 전에 그가 먼저 파혼을 선언했었고, 앞서 교토의 청수사 골짜기에서는 칼을 들고 자신을 죽이려고까지 했다.

'이제 와서 무슨 볼일이 남았단 말인가!'

오츠는 그 말밖에 할 말이 없었다. 잠자코 있는 그녀의 눈 속에 증오와 경멸이 가득했다.

"썩 내리지 못해!

마타하치가 다시 소리쳤다. 오스기와 마타하치, 두 모자는 여전히 고향에서처럼 그녀를 대하던 태도를 버리지 못했다. 하물며 지금은 아무 상관도 없는 자신에게 함부로 말을 하는 그에게 오츠는 울컥 반감이 치솟았다.

"무슨 일이죠? 나는 당신에게 볼일이 없어요."

"뭐라고?"

마타하치는 옆으로 오더니 오츠의 옷자락을 움켜잡았다.

"잔말 말고 내려! 넌 볼일이 없을지 모르지만 나는 볼일이 남았어!"

그는 지나가는 사람들은 안중에도 없다는 듯 위협적인 목소리로 외쳤다. 그때까지 잠자코 보고 있던 조타로가 잡고 있던 고삐를 뿌리치더니 앞으로 나섰다.

"싫다는데 왜 그래요?"

그렇게 큰소리치며 마타하치에게 다가간 조타로는 그의 가슴팍을

힘껏 밀쳤다.

"아니, 이놈이."

비틀거리던 마타하치가 짚신 끈을 다시 매더니 뒷걸음질 치는 조타로에게 소리쳤다.

"어디서 본 놈인가 했더니 기타노의 술집에 있던 코흘리개구나."

"이제 알아봤나 보군. 너야말로 그때 요모기의 오코에게 맨날 구박을 받아도 찍소리도 못 했으면서."

조타로가 마타하치의 가장 아픈 곳을 찔렀다. 하물며 오츠가 바로 눈앞에 있었다.

"이 쥐 방울만 한 자식이!"

마타하치가 붙잡으려 하자 조타로는 날쌔게 반대쪽으로 도망치며 소리쳤다.

"내가 코흘리개면 넌 뭐냐? 그 콧물이냐?"

마타하치가 가만두지 않겠다는 얼굴로 다가오자 조타로는 소를 방패 삼아 두세 번 오츠의 밑으로 도망쳤다. 하지만 기어코 마타하치에게 목덜미가 잡히고 말았다.

"어디 또 한 번 주둥이를 놀려 봐라!"

"못할 줄 알고."

조타로가 허리에 찼던 긴 목검을 반쯤 뽑아 든 순간, 그의 몸은 길가 수풀 쪽으로 내동댕이쳐지고 말았다. 수풀 아래쪽은 논두렁 개울이었다. 조타로는 진흙을 뒤집어쓴 미꾸라지 같은 모습으로 길가로 기어

올라왔다.

"아니?"

길가를 둘러보자 소는 오츠를 태운 채 무거운 몸을 뒤뚱거리며 저편으로 뛰어가고 있었다. 그런데 쇠고삐를 잡고 채찍처럼 휘두르며 함께 뛰어가는 것은 분명 마타하치였다.

"저, 저놈이."

그 광경을 본 조타로 순간, 책임을 다하지 못한 자신의 나약함에 화가 치밀어 무사시에게 그 사실을 알리는 것도 잊어버리고 말았다.

흰 구름은 제자리에 머물러 있는 듯하면서도 유유히 흘러가고 있었다. 구름 위로 치솟은 고마가타케가 드넓은 산자락에 파도처럼 솟은 언덕에서 쉬고 있는 나그네에게 무슨 말인가 하려는 듯 선명하게 올려다보였다.

'내가 대체 무슨 생각을 한 것일까?'

무사시는 자신의 모습을 되돌아봤다. 눈은 산을 바라보고 있었지만 마음은 오로지 오츠 생각에 사로잡혀 있었다. 아무리 생각해도 여자의 마음은 도저히 알 수가 없었다. 무사시는 화가 났다. 자신의 감정에 따라 솔직하게 행동한 것이 잘못이란 말인가? 하물며 그 욕망을 자신의 가슴속에서 *끄집어낸* 것은 오츠가 아니었던가? 그는 자신의 정열을 그녀에게 솔직하게 보여 주었다. 그런데 그녀는 자신을 뿌리치고 경멸스럽다는 듯이 도망쳤다.

그 후에 남겨진 비참함과 수치심, 그리고 주체할 수 없는 참혹함을 때를 벗겨 내듯 폭포에 몸을 던져 씻어 냈다고 생각했다. 하지만 날이 갈수록 주체할 수 없는 미망迷妄에 다시 사로잡혔다. 무사시는 몇 번이나 그런 자신을 비웃고 조소했다.

'왜 여자 하나를 잊지 못해 이대로 떠나지 못하는 것이냐?'

무사시는 그렇게 스스로에게 소리쳤지만 그것은 그저 어리석은 자신에 대한 변명에 지나지 않았다. 에도로 가서 그녀는 공부를 하고 자신은 뜻한 바에 매진하자고 앞날을 약속하고 교토를 떠나온 이상, 그 책임은 자신에게 있었다. 그러니 그 책임을 도중에 팽개치고 가 버릴 수는 없는 일이었다.

'대체 어떻게 하면 좋은가? 우리 둘은, 또 내 수행은!'

무사시는 산을 바라보며 입술을 깨물었다. 자신의 소심함이 너무나 부끄러웠다. 이렇게 고마가타케를 마주 보고 있는 것조차 괴로워졌다.

"아직도 오지 않는군."

무사시는 기다리다 못해 벌떡 일어섰다. 벌써 뒤따라 왔어야 할 오츠와 조타로의 모습이 보이지 않았다. 오늘 밤은 야부하라薮原에서 묵을 것이라고 미리 일러두었고 아직 미야노고시宮腰도 한참 남았는데 해가 저물고 있었다. 언덕에 서서 저 멀리 앞에 있는 숲까지 길이 한눈에 들어왔지만 사람의 모습은 전혀 보이지 않았다.

'혹시 검문소에서 무슨 일이 있는 것이 아닐까?'

그들을 버리고 갈까, 망설이면서도 막상 그들이 따라오지 않자 이내 걱정이 되어 한 걸음도 내딛을 수가 없었다.

　무사시는 낮은 언덕에서 뛰어 내려갔다. 이 지방에서 방목하는 야생마가 그의 모습에 놀란 듯 석양 아래의 들판으로 도망쳤다.

　"저기, 무사님. 소를 탄 여자분과 일행이 아니신지요?"

　무사시가 큰길로 나서자 어떤 사람이 그렇게 말하며 다가왔다.

　"예. 그런데 그들에게 무슨 일이라도 생겼는지요?"

　상대방의 말을 다 듣기도 전에 무사시는 재빨리 되물었다.

기소의
후예

검문소 주막과 그리 멀지 않은 곳에서 마타하치가 오츠를 소에 태우고 달아난 사건은 그것을 목격한 나그네들의 입으로 전해져 화제가 됐지만 정작 언덕에 앉아 있던 무사시만 그 일을 모르고 있었다.

무사시는 황망히 왔던 길을 되짚어 달려갔지만 그 일이 일어난 지 이미 반 시각이나 지난 후였다. 만일 오츠에게 무슨 일이 생겼더라도 이미 늦은 시간이었다.

"주인장, 주인장!"

검문소 문은 여섯 시에 닫기 때문에 그에 맞춰 문 닫을 준비를 하던 주막집 주인은 무사시가 부르자 뒤를 돌아보며 물었다.

"뭐 잊으신 물건이라도?"

"반 시각 전에 여기를 지나간 젊은 여자와 소년을 찾고 있소만."

"아, 소를 타고 가던 보현보살 같은 여자분 말이군요?"

"그렇소. 그 두 사람을 어떤 낭인이 강제로 끌고 갔다고들 하던데, 어디로 갔는지 아시오?"

"글쎄요. 직접 보지는 못했지만 소문에 의하면 저쪽 죄수를 참하는 곳에서 샛길을 돌아 노부노이케野婦之池 쪽으로 끌고 갔다고 하더군요."

주인이 가리키는 대로 무사시는 땅거미가 내려 어둑한 쪽으로 내달렸다. 가는 도중에 들은 소문을 종합해 보면 누가, 무엇 때문에 오츠를 납치해 갔는지 도무지 알 수가 없었다. 설마 그 장본인이 마타하치일 거라고는 꿈에도 생각하지 못했던 것이다. 머지않아 뒤를 쫓아오든지, 아니면 에도에서 만날 것이 분명했다. 에이 산 무동사에서 고개를 넘어 오쓰에 이르는 고갯마루의 찻집에서 오 년 만에 만나 오해를 풀고 서로 어릴 적 친구로 돌아가 손을 맞잡고 지난 일은 다 잊기로 했었다. 게다가 마타하치는 무사시의 진심 어린 격려의 말을 듣고 눈물까지 흘리며 말했다.

"난 공부를 하겠네. 지금부터 다시 시작할 테니 나를 동생이라 생각하고 앞으로 잘 이끌어 주게."

마타하치는 그렇게 말하며 기뻐했었다. 그런 그를 무사시가 어찌 의심할 수 있었을까. 의심을 한다면 전란 후에 각지에서 일자리를 찾다가 결국 찾지 못하고 부랑자 무리에 들어간 낭인이든지, 아니면 사람을 납치해서 팔아먹는 도적들이거나 근처의 산적들일 것이었다. 무사시로서는 그렇게밖에 생각할 수가 없었다.

아무 실마리도 없이 노부노이케 방향이라는 것만 의지해서 길을 재촉했지만, 날이 저물어 청초한 밤하늘의 별과는 반대로 칠흑 같은 어둠에 싸인 땅 위의 길은 한 치 앞도 보이지 않았다.

무엇보다 노부노이케라고 했지만 그런 연못은 찾을 수가 없었다. 게다가 길도 어느새 경사가 완만해지더니 조금씩 오르막으로 변한 것을 고려하면 이미 고마가타케의 산기슭에 들어선 듯했다.

"길을 잘못 들었나?"

무사시는 갈피를 못 잡고 막막한 어둠을 둘러보다가 고마가타케의 거대한 절벽을 등지고 있는 방풍림으로 둘러싸인 농가 근처에서 모닥불인지 가마의 불인지 모르지만 붉은 불빛을 발견했다. 가까이 가서 농가의 안쪽을 엿보자 눈에 익은 소가 부엌 바깥에 묶여서 한가하게 울고 있었다. 하지만 오츠의 모습은 어디에도 보이지 않았다.

"흠, 그 소다."

무사시는 안도의 한숨을 내쉬며 가슴을 쓸어내렸다. 오츠가 타고 있던 암소가 이 집에 묶여 있으니 그녀도 이곳으로 끌려온 것이 분명했다. 그런데 이 방풍림 속에 있는 농가의 주인은 도대체 누구인지, 섣불리 들이닥쳤다가는 오츠를 다시 빼돌릴까 봐 무사시는 잠시 숨어서 안쪽의 동태를 엿보기로 했다.

"어머니, 이제 그만하세요. 눈이 나쁘다고 하시면서 그런 어두운 곳에서 계속 일만 하시면 어떡해요?"

장작과 등겨가 흩어져 있는 귀퉁이 어둠 속에서 큰 소리로 말하는 사람이 있었다. 가만히 살펴보니 불빛이 흔들리고 있는 곳은 부엌 옆 방이었다. 그 방인지 아니면 그리고 그 근처인지에서 희미하게 실을 잣는 물레 소리가 들렸다. 물레 소리는 곧 멎었는데 아마 아들이 큰 소리로 뭐라고 하자 어머니가 일손을 놓은 모양이었다. 구석 쪽 헛간에서 일을 하던 아들이 이윽고 문을 닫으면서 말했다.

"어머니, 지금 발을 씻고 들어갈 테니 바로 밥을 먹을 수 있게 준비해 주세요. 네?"

그가 짚신을 신고 부엌 옆의 개울가로 가서 돌 위에 걸터앉아 발을 씻고 있는데 어깨 너머로 암소가 얼굴을 들이밀었다. 사내는 암소의 콧등을 쓸어 주면서 대꾸도 없는 안방을 향해 다시 소리쳤다.

"어머니, 이따 시간나면 잠깐 이리로 와서 보세요. 오늘 횡재를 했어요. 뭔 줄 아세요? 바로 소예요. 그것도 아주 좋은 암소예요. 밭일에도 쓸 수 있고 젖도 얻을 수 있게 됐어요."

무사시가 그 말을 잘 듣고 그가 누구인지 끝까지 살폈다면 실수를 하지 않았을 것인데, 마침 무사시는 그때 나무 울타리의 입구를 찾아서 옆으로 돌아간 뒤였다.

농가치고는 제법 넓었고 모양새를 보아도 대를 이어서 살아온 집임에 틀림없지만, 소작인은 물론이고 여자의 손길도 찾아볼 수 없었다. 초가지붕은 다 해지고 손질도 하지 않은 듯했다.

"……?"

무사시는 불이 켜져 있는 작은 창 아래에서 돌을 밟고 안방을 살짝 들여다보았다. 눈에 가장 먼저 들어온 것은 검은 중인방中引枋에 걸려 있는 한 자루의 장검이었다. 민가에서는 좀처럼 찾아볼 수 없는 좋은 검이었다. 흡사 유명한 무장이 쓰던 도검처럼 손때가 묻은 가죽 칼집에는 금박이 어렴풋이 남아 있었다.

'이상하다.'

무사시는 더욱 의심스러웠다. 아까 구석의 헛간에서 발을 씻으러 나온 젊은 사내의 얼굴을 얼핏 보았을 뿐이지만 그의 눈빛은 예사 사람답지 않게 날카로웠다. 농부의 작업복에다 진흙투성이의 각반을 신고 허리에 칼을 차고 있었다. 둥근 얼굴 위로 흘러내린 머리를 질끈 동여맸고 키는 오 척 반이 되지 않았지만 떡 벌어진 가슴 근육에 다리와 허리는 다부져 보였다.

'어딘지 수상쩍은 자이다.'

무사시는 아까 사내를 보았을 때 그런 생각이 들었다. 아니나 다를까, 안방에는 농부에게는 어울리지 않는 장검이 걸려 있었다. 그리고 골풀을 깐 바닥에는 사람도 보이지 않고 그저 커다란 화로 속에서 소나무 장작이 탁탁 소리를 내며 타고 있었다. 그리고 그 연기가 창문을 통해 밖으로 자욱하게 새어 나오고 있었다.

"앗!"

무사시는 얼른 소맷자락으로 입을 틀어막고 숨을 참으려다가 그만 기침을 참지 못했다.

"누구냐?"

부엌 안에서 노파의 목소리가 들렸다. 무사시가 창문 아래에서 움츠리고 있는데 노파가 화로가 있는 방으로 들어왔는지 다시 소리쳤다.

"곤노스케權之助, 헛간의 문은 잠갔느냐? 또 좀도둑이 들어와서는 재채기를 하고 있구나!"

'잘됐다. 먼저 사내를 사로잡아 오츠를 어디에 숨겼는지 알아내자.'

막상 일이 터지면 노파의 아들 외에 두세 명이 더 있을지 모르지만 저자만 제압하면 머릿수는 문제가 되지 않을 듯했다. 무사시는 안방에 있는 노파가 아들의 이름을 부르는 사이에 작은 창 아래를 벗어나 집을 감싸고 있는 나무숲 한쪽에 몸을 숨겼다.

"어디요?"

이윽고 아들이 뒤편에서 큰 걸음으로 뛰어오더니 다시 한 번 큰 소리로 외쳤다.

"어머니, 뭐라고요?"

노파가 작은 창에 서서 얼굴을 내밀었다.

"방금 그 근처에서 재채기 소리가 들렸다."

"잘못 들으신 건 아니세요? 어머닌 요즘 눈이 나빠지더니 귀도 잘 들리지 않으시잖아요."

"그렇지 않다. 누군가 창으로 방 안을 살피다가 연기를 마시고 기침을 한 거다. 틀림없다."

"흐음."

곤노스케는 근처를 살피며 돌아다니다 중얼거렸다.

"그러고 보니 왠지 사람의 냄새가 나는 것 같기도 하군."

무사시가 선뜻 나서지 못한 것은 곤노스케의 두 눈동자가 어둠 속에서 살기로 불타고 있었기 때문이었다. 게다가 머리끝에서 발끝까지 빈틈이 전혀 보이지 않는 것도 의아하게 여겨졌다. 무사시는 그가 무엇을 들고 있는지 확인하기 위해 그가 걸어 다니는 모습을 가만히 보고 있었다. 그러자 그가 넉 자 정도의 둥근 봉을 오른손에 잡고서 등 뒤로 숨기고 있는 것이 보였다. 그 봉도 아무 데서나 주운 것이 아니라 무기로 쓰려고 만든 것처럼 보였다. 그러나 무사시를 더 놀라게 한 것은 봉과 사람이 완전히 하나인 듯 보였고 사내가 평소에 봉을 한시도 손에서 놓지 않고 있다는 것을 잘 알 수 있었다.

"어떤 놈이냐? 썩 나오너라."

갑자기 바람을 가르는 소리와 함께 곤노스케의 등 위에 있던 봉이 앞으로 뻗어 나갔다. 무사시는 몸을 돌려 봉 끝을 피하며 앞으로 나섰다.

"일행을 데려가려고 왔다."

무사시는 상대가 아무 말도 하지 않고 노려보기만 하자 다시 말했다.

"길가에서 이곳으로 끌고 온 여자와 아이를 내놓아라! 만약 무사히 돌려보내 주고 사죄를 한다면 용서하겠지만 어디 다치기라도 했다면 용서치 않겠다."

사방을 둘러싸고 있는 고마가타케의 눈 덮인 골짜기에서 차가운 바람이 이따금씩 불어왔다.

"어서 데리고 오너라."

무사시가 다시 한 번 날카로운 소리로 외치자 봉을 잡고 노려보고 있던 곤노스케의 머리카락이 고슴도치처럼 거꾸로 곤두섰다.

"뭐라, 내가 사람을 납치했다고?"

"아무런 힘도 없는 여자와 아이를 납치해서 이곳으로 끌고 온 것이 분명하다. 어서 그들을 데려오너라!"

"뭐, 뭐라고!"

갑자기 곤노스케의 몸에서 네 척이 넘는 봉이 무서운 속도로 뻗어 나왔다. 무사시는 사내의 놀라운 실력과 힘 앞에서 그저 피하는 것 외에 다른 방법이 없었다.

"나중에 후회하지 말거라."

무사시가 이렇게 말하며 펄쩍 뛰어 몇 발짝 뒤로 물러섰다.

"입만 살았구나."

사내도 크게 소리치며 한순간도 틈을 주지 않겠다는 듯 달려들었다. 무사시가 열 걸음을 물러서면 사내 역시 열 걸음을 달려들었고 다시 다섯 걸음을 피하면 사내 역시 다섯 걸음으로 육박해 왔다.

무사시는 몸을 피하면서 두 번 정도 칼자루에 손을 댔지만 그때마다 위험을 느껴 칼을 뽑아서 휘두를 틈조차 없었다. 왜냐하면 손을 칼자루에 대는 순간, 적에게 팔이 그대로 노출되고 빈틈이 생기기 때문이었다. 적에 따라서 그런 위험을 느끼지 않는 경우와 느끼지 못하는 경우가 있는데, 눈앞의 적이 휘두르는 봉은 무사시가 경계하면서 움직이는 행동보다 훨씬 빠르고 거칠었다. 게다가 무모하게 그에 맞서다

가는 일격을 당할 것이 분명했고 적의 압박에 당황해서 몸의 균형이 흐트러질 것이었다.

'대체 이자는 뭘 하는 자란 말인가?'

또 하나, 무사시가 자중한 것은 곤노스케라는 상대가 대체 무엇을 하는 자인지 전혀 알 수가 없었다는 점이었다. 그가 휘두르는 봉에는 일정한 법칙이 있었고, 무사시가 보기에도 몸과 발의 움직임 역시 훌륭했는데 흡사 금강불괴金剛不壞의 형태를 이루고 있는 듯했다. 이는 일찍이 만난 몇 명의 달인 중에서도 본 적이 없었을 정도로 그의 모든 것이 무사시가 그토록 갈구하던 무도의 정신력으로 가득 차 있었다.

이렇게 말하면 무사시나 곤노스케, 두 사람이 서로를 가늠하면서 유유히 자세를 취하고 있는 것처럼 생각하겠지만, 실은 곤노스케의 봉은 한시도 멈춤이 없었다. 곤노스케는 온몸으로 숨을 쉬거나 땅을 박차며 공격해 들어갈 때마다 사투리로 욕을 하면서 봉을 휘둘렀다.

곤노스케의 봉은 단순히 내리치는 것이 아니었다. 때로는 찌르고 후려치기도 하고 다시 휘두르다가 내려치기도 했는데 한 손이 아니라 양손 모두를 사용하고 있었다. 또 검은 칼끝과 칼자루 부분이 명확히 구분되어 있어서 한쪽밖에 활용할 수 없지만, 봉은 양쪽을 칼끝이나 창끝으로 사용할 수 있었다. 그것을 자유자재로 사용하는 곤노스케의 봉 실력은 흡사 엿가락을 마음대로 늘였다 줄였다 하는 듯해서 보는 이의 눈을 의심하게 할 정도였다.

"곤, 조심해라. 지금 상대는 보통이 아니다!"

그때, 안방의 창에서 노파가 이렇게 소리쳤다. 무사시가 적에게 느끼고 있는 것을 노모도 똑같이 무사시에게서 느낀 모양이었다.

"문제없어요."

곤노스케는 어머니가 바로 옆에 있는 창에서 보고 있다는 것을 깨닫고 맹렬하게 공격을 가했다. 하지만 한 차례의 공격을 어깨 너머로 흘리고 바싹 다가선 무사시가 그의 손목을 잡은 순간, 커다란 바위가 떨어지듯 쿵 하고 땅이 울리더니 곤노스케의 등이 땅에 내리꽂히고 말았다.

"낭인, 잠깐!"

자식의 생명이 위험하다고 느꼈는지 작은 창에 매달려 있던 노모가 대나무 격자 너머에서 큰 소리로 외쳤다. 무사시는 그녀의 목소리에 흠칫 멈추고 말았다. 그녀의 머리카락이 곤두선 것처럼 보인 것은 육친의 정 때문일 것이다. 노모로서는 아들이 내동댕이쳐진 것이 전혀 뜻밖의 일인 듯했다. 아들을 내동댕이친 무사시의 손이 다음 순간, 벌떡 일어서는 곤노스케를 향해 칼을 날릴 것이 분명했다.

하지만 그런 일은 벌어지지 않았다. 무사시는 곤노스케의 가슴에 올라타더니 여전히 봉을 쥐고 있는 그의 오른손 손목을 발로 밟고 노모의 얼굴이 보이는 작은 창을 돌아보았다.

"……?"

무사시의 시선이 순간 다른 곳으로 향했다. 노모의 얼굴이 창에서 보이지 않았기 때문이었다. 무사시에게 깔린 곤노스케는 필사적으로 적에게서 벗어나려고 몸부림을 쳤고, 아래에 있는 두 발은 끊임없이 허공과 땅을 차며 패배를 만회하려고 발버둥을 치고 있었다. 창에서 사라진 노모는 이내 부엌 쪽에서 달려오더니 무사시에게 깔려 있는 아들을 질책했다.

"어리석은 놈, 이 무슨 꼴이냐? 이 어미가 도와줄 테니 다신 지지 말거라."

노모가 창가에서 기다리라고 외치자 무사시는 그녀가 자기에게로 와서 머리를 땅에 대고 아들의 목숨을 구걸할 것이라고 생각했다. 하지만 예상과는 달리 풍전등화의 처지에 있는 아들을 독려해서 다시 싸우게 하려는 생각인 듯했다. 살펴보니 노모는 가죽 칼집에서 빼 든 장검을 등 뒤에 숨기고 있었다. 그녀는 무사시의 등을 노리며 말했다.

"어디서 굴러먹다 온 낭인인지 모르지만 하찮은 재주를 믿고 우릴 깔보았겠다. 이 집이 평범한 농가라고 생각하였느냐?"

무사시에게 지금 상황에서 자신의 등 뒤에 적이 있는 것은 거북했다. 자신이 깔고 앉아 있는 상대가 사람이고 보니 자유롭게 뒤를 돌아볼 수도 없었다. 곤노스케도 입고 있는 옷과 살갗이 벗겨질 정도로 버둥거리며 노모가 유리한 위치를 잡을 수 있도록 끊임없이 몸을 움직였다.

"어머니, 걱정 마세요. 이깟 놈, 당장 튕겨 내 버릴 테니 가까이 오지 마세요."

곤노스케가 낑낑거리며 큰소리치자 노모가 질책했다.

"조급해하지 말거라! 저런 떠돌이 낭인에게 져서야 되겠느냐! 기소
木曾 님의 가신 중에서도 그 이름을 떨쳤던 다유보 가쿠묘大夫房覺明의 피
는 어디로 갔단 말이냐!"

"바로 이 몸 안에 있소!"

곤노스케는 그렇게 외치며 고개를 들더니 무사시의 허벅지를 물고
늘어졌다. 이미 봉은 던져 버리고 양손으로 무사시가 움직이지 못하
도록 했다. 그 틈을 이용해 노파는 장검을 들고 무사시의 등을 노리고
있었다.

"노파, 잠깐만!"

이번에는 무사시가 그렇게 소리쳤다. 싸워 봤자 소용이 없다는 것을
알았기 때문이다. 이대로라면 자신이 칼을 맞든가 어느 누군가가 죽
지 않으면 사태가 해결될 것 같지 않았다. 그렇게까지 해서 오츠와 조
타로를 구할 수 있다면 몰라도 아직 그것조차 불분명한 상황이었다.
그래서 일단 일의 전말을 얘기하는 것이 좋을 것 같았다.

무사시는 그렇게 생각하고 먼저 노파에게 칼을 거두라고 말했다. 그
러자 노파는 깔려 있는 아들에게 상대의 타협안을 받아들일 것인지
거부할 것인지 상의했다.

"곤노스케, 어떻게 하겠느냐?"

화로에서 소나무 장작이 마침 활활 타오르고 있었다. 이 집의 모자
가 무사시와 함께 안방까지 온 것은 서로 이야기를 한 끝에 오해가 풀
렸기 때문이었다.

미야모토 무사시 6_하늘天의 장

"이거 참, 하마터면 큰일 날 뻔했군. 오해로 인해 그와 같은 일이……."

노모는 사뭇 안심한 듯 무릎을 세우며 앉더니 함께 앉으려는 아들에게 말했다.

"얘야, 곤노스케."

"네."

"앉기 전에 이 무사님을 모시고 집 안을 두루 보여 드려라. 우리가 방금 말한 여인과 아이를 숨기고 있지 않다는 걸 보여 드리기 위해서라도 말이다."

"그렇군요. 내가 길거리에서 여자나 납치했다고 의심을 받는 것은 유감스러운 일이니. 무사님, 저를 따라와서 이 집 어디라도 살펴보시오."

노모의 말에 따라 짚신을 벗고 방으로 들어와 이미 화롯가에 자리를 잡고 앉아 있던 무사시가 말했다.

"아닙니다. 두 분은 상관이 없다는 걸 잘 알았습니다. 의심했던 제가 경솔했습니다."

무사시가 사죄를 하자 곤노스케도 멋쩍게 말했다.

"저도 잘한 건 아니지요. 먼저 상대의 얘기를 들은 후에 화를 내든지 했어야 할 것을 말입니다."

곤노스케는 화롯가로 다가가서 책상다리를 하고 앉았다. 그러나 무사시로서는 아직 묻고 싶은 게 남아 있었다. 밖에 묶여 있는 암소는 자신이 에이 산에서 끌고 와서 도중에 오츠가 타고 있던 것이었다. 그런데 그 암소가 어떻게 이곳에 있는 것일까?

"암소 때문이라면 저를 의심하시는 것도 무리는 아니겠군요."

곤노스케가 그 이유를 들려주었다. 그는 이 근처에 얼마간의 밭을 가지고 있는 농사꾼으로, 어젯밤 노부노이케에서 그물로 붕어를 잡아서 돌아오는데 연못 가장자리에 있는 늪에 암소 한 마리가 발이 빠져 허우적거리고 있었다고 했다. 늪이 깊어서 소가 발버둥 칠수록 몸이 점점 늪 속으로 빠져들어 애처롭게 울부짖고 있었다고 했다. 소를 잡아 끌어내 보니 젊은 암소여서 주인을 찾아 주려고 그 근처를 한참동안 찾아 헤맸으나 주인이 나타나지 않아서 분명 도둑이 끌고 가기 귀찮아서 버리고 간 것인 줄 알고 집으로 끌고 왔다고 했다.

"소 한 마리만 있으면 밭일에 큰 도움이 되기 때문에 이것은 제가 가난해서 어머니를 제대로 모시지 못하자 하늘에서 내려 주신 거라고 생각하고 끌고 온 것입니다. 하하하, 이제 주인이 나타났으니 소는 돌려 드리겠소이다. 하지만 오츠나 조타로라고 하는 두 사람에 대해서는 전혀 아는 바가 없소이다."

이야기를 주고받는 사이에 무사시는 이 젊은이가 얼마나 소박한 시골 사람인지 알 수 있었고, 그런 점 때문에 오해가 생긴 것처럼 여겨졌다.

"한데, 납치된 사람들이 걱정되시겠소이다."

곁에 있는 노모가 걱정하며 아들에게 말했다.

"곤노스케야, 빨리 저녁을 먹고 그 불쌍한 사람들을 함께 찾아보거

라. 노부노이케 근처에서 서성거리고 있다면 다행이지만, 고마가타케의 산속에라도 들어가 버렸다면 타지 사람은 찾을 재간이 없을 것이다. 더구나 그 산중에는 산적들이 우글대고 있다고 하니 필시 그자들의 소행일 것이다."

햇불이 바람을 타고 일렁거렸다. 거대한 산악의 기슭에서 불어오는 바람이 한순간 초목을 말아 올리며 굉음을 일으켰지만, 그 바람이 멈추면 별들마저 숨을 죽이고 기분 나쁜 정적만 흘렀다.

"여보시오."

곤노스케는 손에 든 햇불을 높이 쳐들고 뒤에서 오는 무사시를 기다리며 말했다.

"유감스럽지만 아무래도 찾기는 그른 것 같소. 이제 노부노이케까지 가는 도중에 저 언덕 잡목림 뒤편에 사냥을 하거나 농사를 짓는 외딴집이 있는데, 그곳에서 물어봐서 모른다고 하면 더 이상 찾을 방법이 없을 것 같소."

"지금까지 열 곳이 넘는 집을 찾아 물어보아도 아무런 단서를 찾지 못한 것을 보니, 아마 내가 방향을 잘못 잡은 것 같소이다."

"그럴지도 모르겠소이다. 여자를 납치한 놈들은 여간 간사한 게 아니니 꼬리가 잡힐 곳으로 도망칠 리가 없을 것이오."

이미 한밤중이었다. 초저녁부터 고마가타케의 산기슭에 있는 노부 촌野婦村, 히구치 촌樋口村에서 그 부근의 언덕과 숲까지 모두 다 찾아다녔다. 하다못해 조타로의 소식이라도 들을 성싶은데도 누구 하나 그런 사람을 봤다고 하는 사람은 없었다. 더욱이 오츠의 모습은 특징이 있어서 본 사람이 있으면 금방 알 수 있을 것이었는데 어디에서 물어 봐도 한결같이 고개를 갸웃거리는 사람들뿐이었다.

무사시는 두 사람의 안부가 걱정되어 가슴이 타들어 가면서도 아무런 연고도 없이 함께 고생하고 있는 곤노스케에게 미안한 마음이 들었다. 내일도 들에 나가 일을 해야 할 것이었다.

"이거 정말 폐를 끼쳤소이다. 이제 남은 한 곳에서 물어보고 그래도 모른다고 하면 방도가 없으니 포기하고 돌아가도록 하시지요."

"하룻밤 걸어 다니는 것쯤이야 아무것도 아니지만, 대체 그 여자와 아이는 무사님과 어떤 관계이시오?"

무사시는 오츠가 자신의 연인이고 아이는 제자라고 차마 말할 수가 없었다.

"친척입니다."

무사시가 그렇게 말하자 곤노스케는 그가 안쓰럽게 여겨졌는지 갑자기 아무 말도 하지 않고 노부노이케로 나가는 언덕 샛길을 앞서 걸어갔다.

무사시의 머릿속에는 온통 오츠와 조타로를 걱정하는 마음뿐이었지만, 가슴 한편에서는 이런 기연을 가져다준 운명의 장난에 고마운 마음도 들었다. 만약 오츠에게 이런 불상사가 일어나지 않았더라면 그는 곤노스케를 만나지 못했을 것이었다. 그리고 그의 봉의 비술도 볼 수가 없었을 것이다.

오츠와 헤어지게 된 것은 그녀가 무사하다면 어쩔 수 없는 불상사라고 생각할 수밖에 없지만, 만일 이 세상에서 곤노스케의 봉술을 만나지 못했다면 무도의 길에 인생을 건 자신으로서는 커다란 불행이라고 생각했다. 그래서 무사시는 기회가 있으면 곤노스케의 내력도 물어보고 그 봉술에 대해서도 깊이 연구해 보고 싶다고 줄곧 생각하고 있었다. 하지만 함부로 물어볼 수도 없어서 기회만 살피며 걸음을 옮기고 있었다.

"여기서 잠시 기다리시오. 저 집인데 분명 자고 있을 테니 내가 가서 깨운 후에 물어보겠소."

곤노스케는 나무들 사이로 보이는 초가지붕을 가리키며 그렇게 말한 후에 혼자서 잡목을 헤치고 달려 내려가서 문을 두드렸다. 얼마 지나지 않아 돌아온 곤노스케가 무사시를 보며 이야기하길, 그 집에 사는 사냥꾼 부부에게 물어보았지만 그들도 모르는 듯하다고 했다. 그런데 그 집 부인이 해질 무렵에 마을로 물건을 사러 나갔다가 돌아오는 길에 보았다는 말이 한 가닥 실마리가 될지도 모른다고 했다.

그 부인의 말에 따르면 초저녁에 별이 뜰 무렵, 사람들의 왕래도 끊어지고 바람만 쓸쓸하게 부는 길 위를 엉엉 울면서 뛰어가는 소년을 보았다고 했다. 얼굴과 손은 진흙투성이였고 허리에는 목검을 차고 있었는데 야부하라의 역참 쪽으로 뛰어가기에 무슨 일인가 물어보았다고 했다.

"관아가 어디 있는지 가르쳐 주세요!"

소년이 울면서 그렇게 물어서 관아에는 무엇을 하러 가려고 하는지 다시 물었더니 '일행이 나쁜 놈에게 납치되어서 그 사람을 구해야 한다'고 말하더라는 것이었다. 그래서 그런 일이라면 관아에 가 봐야 소용이 없다, 관아라는 곳은 지체가 높은 사람이 행차하기라도 하면 사람을 끌어다가 말똥을 치우고 모래를 뿌리는 등 소란을 피우지만 억울한 일을 당한 백성들의 말은 들은 체도 하지 않는다, 특히 여자가 납치됐다든가 강도를 만나는 건 흔한 일이니 차라리 야부하라의 역참을 지나서 나라이奈良井의 네거리에서 약재상을 하는 다이조大蔵라는 사람을 찾아라, 그는 관아와는 달리 힘없는 사람들의 말을 잘 들어줄 뿐 아니라 옳은 일이라면 돈도 받지 않고 도와줄 것이니 그 사람에게 사정을 이야기하고 부탁해라, 하고 말했다는 것이다.

곤노스케는 아낙에게 들은 말을 여기까지 이야기하더니 무사시를 보며 물었다.

"아낙이 그렇게 말하자 그 목검을 찬 아이는 울음을 그치더니 뒤도 돌아보지 않고 뛰어갔다고 하던데, 혹시 그 아이가 일행인 조타로가 아니오?"

"바로 그 아이입니다."

무사시는 조타로의 모습이 눈에 선한 듯했다.

"그럼, 내가 찾으러 온 방향과는 완전히 다른 방향이군."

"여기는 고마가타케의 기슭 쪽이니 나라이로 가는 길에서 한참 벗어난 것이오."

"이거 참으로 신세를 졌소이다. 나도 한시바삐 다이조라는 사람에게 가야겠소이다. 이제 작으나마 실마리가 잡힌 듯합니다."

"어차피 가는 도중이니 우리 집에 들러 잠시 눈이라도 붙인 후에 아침밥이라도 먹고 가는 것이 좋을 듯하오."

"그래도 되겠는지요?"

"저기 노부노이케를 건너 연못 끝으로 나가면 길이 절반은 단축될 것이오. 자, 배를 빌려 타고 갑시다."

그곳에서 조금 내려가자 버드나무에 둘러싸인 오래된 듯한 예닐곱 정町 정도 되는 연못이 나왔는데 수면 위로 고마가타케 위로 떠 있는 별들을 그대로 담고 있었다. 그리고 이 지방에서는 좀처럼 볼 수 없는 버드나무가 이 연못 주위에는 유독 많이 자라고 있었다.

곤노스케는 들고 있던 횃불을 무사시에게 건네고 삿대를 잡더니 미끄러지듯 연못을 가로질러 갔다. 물 위를 떠가는 횃불이 어두운 수면에 비쳐 배 주위만이 불타듯 빨갛게 보였다. 그러나 그리 멀지 않은 곳에서 운명의 장난인지, 두 사람의 인연이 없는 것인지, 그 흘러가는 빨간 불빛을 오츠도 바라보고 있었다.

잇자국

물 위에 비친 불빛과 작은 배 안에서 사람이 들고 있는 횃불, 그리고 한밤중 연못 한가운데를 미끄러져 가는 횃불은 하나의 불빛이었다. 멀리서 바라보면 마치 두 마리의 원앙이 헤엄쳐 가고 있는 듯 보였다.

"아아."

오츠가 그 불빛을 보았을 때 마타하치는 당황해하며 그녀를 묶은 새끼줄을 잡아당겼다.

"누가 오고 있군. 어떻게 하지? 그렇지, 이쪽으로 와. 이리 오란 말이야!"

마타하치가 찾아낸 곳은 연못가에 있는 기우당祈雨堂이었다. 누구의 제사 지내는 사당인지 이곳 사람들도 잘 몰랐지만 여름에 가뭄이 들었을 때 여기서 기우제를 올리면 뒤편의 고마가타케가 이곳 노부노이케에 단비를 뿌려 준다고 믿고 있었다.

"싫어요."

오츠는 한 발도 움직이려고 하지 않았다. 사당 뒤편으로 끌려와서 앉혀진 오츠는 아까부터 마타하치의 추궁을 받고 있었다. 손이 묶여 있지만 않았더라도 그를 밀치고 달아났을 테지만 그럴 수가 없었다. 기회가 있으면 사당 기둥에 걸려 있는 족자 속의 그림처럼 버드나무 가지를 친친 감고 저주스러운 사내를 집어삼키려는 뱀이라고 되고 싶었지만 가능한 일도 아니었다.

"일어서!"

마타하치는 손에 들고 있던 조릿대로 오츠의 등을 사정없이 내리쳤다. 하지만 오츠의 의지는 맞을수록 강해졌다. 어디 더 때려 보라는 듯 아무 말 없이 마타하치의 얼굴을 노려보자 기가 꺾였는지 마타하치가 다시 말했다.

"오츠, 걸으라고."

그래도 오츠가 일어서지 않자 이번에는 한 손으로 그녀의 목덜미를 사납게 잡아챘다.

"이리 와!"

질질 끌려가던 오츠가 연못의 불빛을 향해 소리를 지르려 하자, 마타하는 수건으로 그녀의 입에 재갈을 물리고서 번쩍 들더니 사당 안으로 집어 던졌다. 그러고는 격자창 사이로 연못 불빛이 어디로 가는지 살펴보았다. 그 배는 기우당에서 이 정(町)정도 앞에 있는 연못 끝으로 가더니 어느덧 횃불도 사라진 듯 보였다.

"휴, 이젠 안심이군."

마타하치는 가슴을 쓸어내렸지만 아직 불안감이 완전히 가신 것은 아니었다. 지금 오츠의 몸은 자기 수중에 있지만 그녀의 마음은 자신의 것이 아니었다. 마음도 없는 육체를 데리고 다닌다는 것이 얼마나 힘겨운 일인지 그는 초저녁부터 뼈저리게 느끼고 있었다. 힘을 써서 강제로 그녀를 자신의 것으로 만들려고 하면 그녀는 자결이라도 할 것처럼 무서운 얼굴로 대들었다. 혀를 깨물고 죽으려고까지 했다. 마타하치는 오츠가 능히 그럴 것이라는 걸 어릴 때부터 알고 있었다. 그 모습 앞에 마타하치의 욕정도 어쩔 수가 없었다.

'왜 나를 이토록이나 미워하고 그토록 무사시를 따르는 것일까? 예전의 오츠는 무사시보다 나를 더 좋아했는데.'

마타하치는 도저히 알 수가 없었다. 그의 마음 한구석에는 여자들이 무사시보다 자신에게 더 호감을 가지고 있다는 자신감이 있었다. 사실 오코를 비롯해서 많은 여자들이 그랬었다.

'이는 필시 무사시가 오츠를 유혹해서 길들인 후에 기회가 있을 때마다 나를 나쁘게 말해서 나를 혐오하게 만든 게 틀림없다. 그리고 나를 만나서는 자신이 얼마나 나를 생각하고 위하는지 거짓말을 늘어놓은 것이다. 아, 내가 어리석었어. 무사시에게 속아 넘어간 것이다. 그런 거짓 우정에 눈물까지 흘리다니…….'

마타하치는 격자창에 기대 제제膳所의 유곽에서 사사키 고지로가 한 말을 되새겼다. 이제 와서 보니 그 말이 맞는 듯했다. 사사키 고지로가 자신을 보고 어리석다며 비웃고 무사시의 음흉한 속내에 속지 말라며 조심하라고 했었다. 그의 충고가 귓가에 생생하게 들려왔다. 순간, 마타하치의 생각이 완전히 바뀌었다. 지금까지 몇 번이나 마음이 바뀌면서도 지켜온 우정이 마침내 증오로 변하고 만 것이다.

'나를 잘도 속였겠다……'

마타하치는 가슴 깊은 곳에서 솟아오르는 분노로 입술을 꽉 깨물었다. 평소에 사람을 미워하거나 질투하는 성격이 다른 사람보다 심하긴 했지만, 그는 다른 사람을 저주를 하거나 원망하는 성격은 아니었다. 하지만 이번에는 달랐다. 그는 무사시를 불구대천의 원수처럼 여기게 되었다. 무사시와 자신은 같은 고향에서 친구로 자랐지만 일생의 원수로 태어난 악연이라고 생각하게 되었던 것이다.

"가증스러운 인간!"

마타하치는 자신을 볼 때마다 진심 어린 얼굴을 하고 참다운 인간이 돼라, 분발해라, 손을 잡고 함께 세상에 나가서 입신하자 하던 무사시의 얼굴이 역겹게 느껴졌다. 그의 그런 위선에 속아 눈물까지 흘린 것을 생각하면 부아가 치밀어 올랐다.

'이 세상에 무사시 같은 군자의 낯짝을 한 자들은 모두 위선자들이다. 그래, 나는 그들의 반대편에 서겠다. 그런 위선자들과 같이 되지는 않을 것이다. 악인이라는 말을 들어도 좋다. 나는 그 반대편에 서서 평생 동안 무사시 놈이 출세하는 것을 방해할 것이다.'

마타하치의 이런 근성은 평소와 다를 바가 없었지만, 이번에는 그가 이때까지 살아오면서 가슴에 품었던 생각 중에서 가장 결연한 각오였다.

마타하치는 뒤쪽에 있는 격자창을 발로 강하게 걷어찼다. 조금 전, 오츠를 집어 던지기 전의 그와 지금 밖에서 팔짱을 끼고 서 있는 그는 뱀이 허물을 벗듯, 완전히 다른 사람이었다.

"흥, 청승맞게 울고 있군."

마타하치는 기우당 안의 어두운 바닥을 노려보며 그렇게 차갑게 내뱉었다.

"오츠."

"……"

"아까 내가 한 말에 대답해."

"……"

"울고만 있으면 알 수가 없잖아!"

마타하치가 발을 들어서 걷어차려고 하자 그것을 알아챈 오츠가 몸을 피하며 소리쳤다.

"당신에게 할 말은 없으니 죽이려거든 남자답게 어서 죽여요!"

"웃기는 소리."

마타하치는 콧방귀를 뀌며 말했다.

"나는 방금 결심했다. 너와 무사시가 내 인생을 망쳐 놓았으니 나도 평생 동안 너희들에게 복수를 할 것이다."

"거짓말하지 말아요. 당신의 인생을 망친 것은 바로 당신 자신이에요. 또 그 오코라는 여자이고요."

"뭐라고?"

"당신이나 당신의 어머니는 어째서 한결같이 남의 탓만 하는 거죠?"

"닥쳐! 대답을 하라고 한 것은 내 마누라가 되겠는가, 아닌가 그것이다. 그 한 마디만 들으면 된다."

"그 대답이라면 몇 번이고 해 주죠."

"어디 대답해 봐."

"살아생전은 물론이고 죽어서도 내 마음속에 있는 사람의 이름은 오직 미야모토 무사시 님이에요. 그 외에 누가 있을 수 있겠어요? 하물며 당신과 같이 기개가 없는 남자는 보기만 해도 몸이 떨리고 역겨울 정도로 싫어요."

어떤 남자라도 여자에게 그런 말을 들으면 죽이든지 아니면 포기를 할 것이다. 오츠는 그렇게 말을 하자 왠지 가슴이 후련해졌다. 그리고 마타하치가 무슨 짓을 하더라도 어쩔 수가 없다고 각오하고 있었다.

"흐음, 그렇군."

마타하치는 몸이 부들부들 떨렸지만 애서 침착한 표정으로 물었다.

"내가 그렇게 싫단 말이지? 분명히 알았다. 그러나 오츠, 나도 분명하게 말해 두지. 네가 싫든 좋든 나는 너를 오늘 밤에 내 것으로 만들 것이다."

"……?"

"왜 그렇게 떨지? 너도 그만한 각오를 하고 방금 내게 말했을 텐데."

"그래요. 나는 절에서 자랐어요. 나를 낳아 주신 부모님의 얼굴조차 모르는 고아예요. 죽음 따윈 전혀 무서워하지 않아요."

"뭔가 착각을 하고 있군."

마타하치는 오츠의 옆에 쪼그리고 앉아서 고개를 돌리고 있는 오츠의 얼굴에 음흉한 얼굴을 들이대며 말했다.

"누가 널 죽인다고 하더냐? 죽여서는 성이 풀리지 않는다. 바로 이렇게 할 것이다!"

마타하치는 불시에 오츠의 어깨와 왼쪽 손목을 세차게 붙잡더니 위쪽 팔을 덥석 물었다.

"아악!"

오츠가 비명을 질렀다. 오츠는 몸부림치며 날뛰면서 마타하치에게서 벗어나려고 했지만 그럴수록 그의 이는 더 깊숙이 살을 파고들었다. 피가 소매 아래를 타고 묶여 있는 그녀의 손가락 끝까지 흥건하게 흘러내렸다. 그래도 마타하치는 악어 같은 입술을 떼지 않았다.

"……"

오츠의 얼굴이 달빛 아래 순식간에 백짓장처럼 변했다. 마타하치는 퍼뜩 놀라 입을 떼더니 혹시 혀를 깨문 것은 아닌가 하고 재갈을 물렸던 수건을 풀고 오츠의 입술을 살펴보았다. 너무나 극심한 고통에 정신을 잃은 듯 얼굴이 땀으로 젖어 있었지만 입안은 아무 이상이 없었다.

"오츠, 어이 오츠! 용서해 줘……."

마타하치가 몸을 세차게 흔들자 정신을 차린 오츠는 순간, 고함을 치기 시작했다.

"아악! 아파. 조타로, 조타로!"

"아파?"

마타하치는 파랗게 질린 얼굴로 가쁜 숨을 몰아쉬며 말했다.

"피는 멎겠지만 물린 잇자국은 몇 년이 지나도 없어지지 않을 거야. 사람들이 내 잇자국을 보면 어떻게 생각할까? 또 무사시가 알게 되면 어떻게 생각할까? 당분간, 아니 언젠가 내 것이 될 네 몸에 미리 도장을 찍은 것이니, 도망쳐도 상관없어. 나는 세상에 내 잇자국을 몸에 새긴 여자를 건드린 자는 내 원수라고 퍼뜨리고 다닐 테니까."

"……."

어두운 사당 안에는 흐느껴 우는 목소리만 가득했다.

"그만 울어. 언제까지 울고 있을 거야. 이젠 괴롭히지 않을 테니 조용히 해. 흐음, 물이라도 떠다 줄까?"

마타하치가 제단에 놓인 토기를 집어 들고 밖으로 나가려는데 격자창 밖에 서서 안쪽을 엿보는 자가 있었다.

"누구냐?"

마타하치는 사당 밖의 그림자가 허둥지둥 도망치는 모습을 보고는 문을 밀어젖히고 소리치며 쫓아갔다.

"이놈!"

그런데 막상 잡아 놓고 보니 부근에 사는 농부인지 말 등에 곡물 가마니를 싣고 밤을 새워 시오도리塩尻의 도매상까지 가는 길이라고 했다.

"별다른 생각 없이 그저 사당 안에서 여자의 우는 소리가 들려서 잠깐 들여다본 것뿐입니다."

농부는 변명을 하며 넙죽 엎드려 빌었다. 약한 상대에게는 더욱 강하게 나가는 성격대로 마타하치는 짐짓 위엄 있게 소리쳤다.

"정말이냐? 틀림이 없느냐?"

"예, 정말입니다. 틀림없습니다."

농부는 몸을 부들부들 떨며 애원했다.

"흐음, 그렇다면 용서해 주마. 그 대신 말에 실은 가마니를 모두 내리고 말 위에 사당 안에 있는 여자를 묶은 다음 내가 가자는 데까지 태우고 가자."

마타하치가 칼을 빼 들고 위협하자 농부는 그대로 따르는 수밖에 없었다. 얼마 후, 말 위에 오츠를 묶은 마타하치는 대나무를 주워서 채찍 삼아서 농부에게 말했다.

"어이!"

"예!"

"큰길로 나가면 안 된다."

"그럼 어디로 가시려는지요?"

"되도록 사람이 다니지 않는 길로 해서 에도까지 가자!"

"에도까지라니 너무하십니다."

"시끄럽다. 뒷길로 가면 된다. 또한 나카센도中山道를 피해서 이나伊那에서 고슈甲州로 나가는 길로 가거라."

"그건 우바가미姥神에서 곤베権兵衛 고개를 넘어야 하는데 너무 험한 산길입니다."

"산길은 넘으면 되지 않느냐! 자꾸 지껄이면 가만두지 않겠다."

마타하치는 계속해서 대나무로 농부의 등을 후려치며 말했다.

"대신 굶기지는 않을 테니 걱정하지 말고 걷거라."

농부는 우는소리를 하며 애원했다.

"그럼 이나까지만 같이 가시고 거기서는 제발 저를 놓아 주십시오."

마타하치는 고개를 저었다.

"시끄럽다. 내가 됐다고 하는 데까지 가자. 그사이 허튼짓을 하면 모가지를 베어 버릴 테다. 내가 필요로 하는 건 말이다. 사람은 오히려 방해가 되니 말이다."

길은 어두웠고 산으로 접어들수록 점점 험해져서 사람과 말도 지칠 무렵, 간신히 우바가미 중턱까지 다다르자 발아래로 구름바다가 물결치고 있었고 희미하게 아침 햇살이 비치기 시작했다. 말 등에 들러붙어서 한 마디도 하지 않고 여기까지 온 오츠는 그 아침 햇살을 보고는 마타하치에게 말했다.

"마타하치 님, 이제 도망치지 않을 테니 제발 저분은 그만 놓아주세요. 이 말도 돌려드리고요. 저분이 너무 불쌍해요."

마타하치는 여전히 의심스런 마음을 지우지 못하고 있었지만 오츠가 계속해서 간곡히 부탁하자 마침내 오츠를 말 등에서 풀어서 내려 준 후에 다짐을 받았다.

"그럼, 순순히 나를 따라오겠지?"

"예, 도망치지 않겠어요. 잇자국이 사라지지 않는 한 도망쳐도 소용이 없으니 말이에요."

오츠는 팔의 상처를 손으로 누르며 입술을 깨물었다.

고원의
별

무사시는 수양을 통해서 어떤 장소, 어떤 상황에서라도 잠을 자야겠다고 마음먹으면 곧 잠이 들었다. 하지만 그 시간은 대단히 짧았다. 간밤에도 그러했다.

곤노스케의 집으로 돌아온 무사시는 옷을 입은 채 방 한 칸을 빌려서 잠을 잤는데 새들이 지저귀는 소리가 들리기 시작할 무렵에는 이미 눈을 떴다. 지난밤, 노부노이케를 가로질러 이곳으로 돌아온 것은 한밤중이 지난 무렵이었다. 필시 곤노스케도 피곤할 것이고 그의 노모도 아직 잠을 자고 있을 것이 분명했다. 그렇게 생각한 무사시는 새소리를 들으며 덧문이 열리기를 기다리고 있었다.

그런데 옆방이 아닌 다른 방의 장지문 너머로 누군가 소리 죽여 흐느끼는 소리가 들려왔다.

"응?"

가만히 귀를 기울이자 우는 사람은 아무래도 곤노스케인 듯했다. 그는 이따금씩 아이처럼 통곡을 하고 있었다.

"어머님, 그건 너무합니다. 전들 어찌 분하지 않겠습니까? 분한 마음은 어머님보다 제가 더할 겁니다."

그의 말은 단편적으로밖에 들리지 않았다.

"다 큰 녀석이 뭘 그리 우느냐!"

세 살배기 어린애를 꾸짖듯 근엄한 목소리로 차분히 꾸중을 하는 이는 분명 노모였다.

"그렇게 원통하면 앞으로 더 마음을 다잡고 일심一心으로 수련해야 할 것이거늘 눈물이나 흘리고 있다니 보기 흉하다. 그만 눈물을 닦아라."

"예, 이젠 울지 않겠습니다. 어젯밤과 같은 실수를 보여 드린 죄는 부디 용서해 주십시오."

"나도 이렇게 너를 꾸짖고 있지만, 깊이 생각해 보면 그것은 하수와 고수의 차이다. 또 무사태평한 날들이 계속될수록 사람이란 무뎌지기 마련이다. 네가 진 것은 당연한 일인지도 모르겠다."

"어머니께 그런 말을 듣는 것이 전 무엇보다 괴롭습니다. 평소에 아침저녁으로 질책을 받으면서도 어젯밤과 같이 미숙하게 패하고 말았으니, 무도로 가문을 일으키려는 큰 뜻을 품은 제가 부끄러울 따름입니다. 앞으로는 무예를 닦기보다 평생 농부로 살아가면서 어머니를 편히 모시겠습니다."

무사시는 처음에 무엇을 그리 한탄하는 것인지 몰랐지만, 아무래도 모자가 이야기하고 있는 사람은 자신밖에 없는 듯했다. 무사시는 이불 위에 자세를 고쳐 앉았다.

'승패에 대한 집착이 저리도 강하구나.'

이미 어젯밤의 일은 서로의 잘못이라며 화해를 하고 넘긴 줄 알았다. 그것과는 별도로 무사시에게 패했다는 사실을 두 모자는 아직도 씻을 수 없는 치욕으로 생각하며 눈물 흘리며 원통해하고 있는 것이었다.

"무서우리만치 지는 것을 싫어하는 사람들이구나!"

무사시는 그렇게 중얼거리면서 살그머니 옆방으로 들어가서 새벽녘의 희끄무레한 빛이 흘러나오는 그 방을 장지문 틈으로 가만히 들여다보았다. 그 방은 조상의 위패를 모신 방이었는데 노모는 불단을 등지고 앉아 있었고 아들은 그 앞에 엎드려서 울고 있었다. 그 늠름하고 덩치가 큰 곤노스케가 어머니 앞에서 눈물을 흘리고 있었다.

노모는 무사시가 장지문 뒤에서 보고 있는 줄도 모르고 무엇이 또 신경에 거슬렸는지 소리를 쳤다.

"뭐라고? 네 이놈 곤노스케, 지금 뭐라고 했느냐?"

노모는 갑자기 목소리를 높이며 아들의 목덜미를 부여잡았다. 오랜 숙원인 무도를 버리고 내일부터 농부가 되어 효도를 하겠다는 아들의 말이 오히려 노모의 심기를 거슬린 듯했다.

"뭐라고? 농부로 살아가겠다고?"

노모는 아들의 목덜미를 무릎으로 끌어당기고 세 살배기 아이의 볼기를 때리듯 노발대발하였다.

"어떻게 해서든지 너를 훌륭하게 키워서 다시 한 번 가명을 일으켜 세우겠다는 일념으로 이때까지 살아왔거늘 지금에 와서 이대로 농부로 살아가겠다고? 내가 그렇게 하라고 어려서부터 책을 읽게 하고 무도에 힘쓰게 하면서 피죽으로 연명하면서 살아온 줄 아느냐?"

노모는 그렇게 말하더니 아들의 멱살을 잡은 채 오열을 하기 시작했다.

"한 번 졌다고 왜 그 치욕을 씻을 생각을 하지 않는 게냐? 다행히 그 낭인은 아직 집에 있다. 일어나면 다시 한 번 시합을 청해서 명예를 회복하도록 해라."

곤노스케는 겨우 얼굴을 들었지만 뭔가 마음에 걸리는 듯 말했다.

"어머니, 그것이 가능했다면 제가 어찌 이처럼 약한 소리를 하겠습니까."

"평소의 너답지 않은 말을 하는구나. 대체 왜 그리 약한 소리를 하는 게냐?"

"사실 어젯밤에도 밤새 그자와 다니면서 끊임없이 빈틈을 노렸지만 도저히 기회를 잡지 못했습니다."

"그건 네가 겁을 먹고 있었기 때문이 아니냐?"

"결코 그렇지 않습니다. 제 몸속에도 기소 무사의 피가 흐르고 있습니다. 저는 온타케의 산신 앞에서 스무하루 동안이나 기원을 올리고 꿈속에서 신의 계시를 받아 봉술을 깨우쳤습니다. 그런 제가 이름도 없는 떠돌이 낭인에게 당하고만 있을 수는 없다고 몇 번이나 마음을 다잡았지만, 그자의 모습을 보면 도저히 손이 떨어지지 않았습니다. 당해 내지 못한다는 마음이 먼저 일었습니다."

"봉으로서 반드시 천하제일이 되겠다고 온타케의 산신에게 맹세한 네가……."

"하지만 곰곰이 생각해 보면 오늘까지의 일은 모두 저만의 독선이었습니다. 이리 미숙한데 어찌 천하제일이 될 수 있겠습니까? 그래서 어머님이 가난 때문에 비참하게 생활하시는 걸 보느니 오늘부터 봉을 꺾고 한 마지기의 밭이라도 열심히 갈아서 농사를 짓는 편이 좋다고 생각한 것입니다."

"지금까지 많은 사람들과 겨뤄서 한 번도 진 적이 없는 네가 오늘 패한 것도 생각하기 따라서는 온타케의 산신이 네 자만심을 꾸짖으신 것일지도 모른다. 네가 봉을 꺾고 나를 편히 모신다고 해도 내 마음은 결코 편하지 않을 것이다."

노모는 그렇게 아들을 깨우치더니 다시 말을 이었다.

"손님이 일어나면 다시 한 번 실력을 겨뤄 보거라. 그런데도 패한다면 네가 하고 싶은 대로 봉을 꺾고 뜻을 접어도 될 것이다."

장지문 뒤에서 모든 것을 듣고 있던 무사시는 곤혹스러웠다.

"이거, 정말 곤란하게 됐군."

그러고는 몰래 물러나서 다시 자신의 잠자리 위로 와서 주저앉았다.

어떻게 할 것인가. 모자는 무사시를 보면 반드시 시합을 청할 것이 틀림없었다.

'겨루면 분명 내가 이길 것이다.'

무사시는 그렇게 믿고 있었다. 하지만 이번에도 무사시에게 패한다면 곤노스케는 지금까지 자부심을 가져 온 봉술에 자신감을 잃고 뜻을 접을 것이었다. 게다가 아들의 성공을 유일한 삶의 보람으로 여기며 가난 속에서도 오늘까지 자식을 교육시킨 노모는 얼마나 낙담할 것인가.

'그래, 이 시합은 피하는 것이 좋겠다. 조용히 뒷문으로 도망치자.'

무사시는 살짝 문을 열고 밖으로 나왔다. 이미 아침 햇살이 나뭇가지 사이로 눈부시게 빛나고 있었다. 헛간이 있는 한쪽 구석을 보자 어제 끌려온 암소가 햇살을 받으며 한가로이 풀을 뜯고 있었다.

'잘 지내거라.'

무사시는 소에게도 그렇게 인사를 하고 방풍림을 나와 고마가타케의 들녘에 있는 밭길을 성큼성큼 걸어갔다.

아침이 되자 자신의 본래의 모습을 선명하게 드러낸 고마가타케의 정상에서 불어오는 바람에 한쪽 귀는 시리도록 차가웠지만 어젯밤의 피로나 초조함은 저 멀리로 날아가 버렸다. 하늘을 올려다보자 구름이 한가로이 흘러가고 있었다. 푸른 하늘에 드문드문 떠 있는 하얀 뭉게구름은 저마다 다른 모습을 하고 자기가 가고 싶은 대로 자유롭게 떠다니고 있었다.

"초조해하지 말고 너무 집착하지도 말자. 만나는 것도 헤어지는 것도 하늘의 뜻이다. 어린 조타로나 연약한 오츠도, 어리면 어린 대로 약하면 약한 대로 세상 어디에서라도 선한 마음을 가진 사람이 돌봐 줄 것이다.'

어제부터, 아니 마고메의 여남 폭포에서부터 계속 방황하고 있던 무사시의 마음은 신기하게도 오늘 아침에는 자신이 걸어가야 할 길 위로 돌아와 있는 듯했다. 오츠나 조타로와 같이 자신의 길 옆에 서 있는 사람들뿐 아니라, 자신이 죽은 후까지 이어져 있는 일생의 길이 오늘 아침에 그의 눈에 보이는 듯했다.

오후가 지났을 무렵, 무사시는 나라이의 역참 안에 있었다. 처마 끝에 있는 우리에 살아 있는 곰을 기르면서 웅담을 팔고 있는 상점을 비롯하여 짐승의 가죽을 걸어 놓은 가게와 빗을 파는 가게 등이 늘어선 역참은 꽤 붐비고 있었다.

무사시는 모퉁이에 '대웅大熊'이라고 쓴 간판을 걸어 놓고 웅담을 파는 가게 앞에서 안을 들여다보며 말했다.

"뭐 좀 물어보려고 하오만."

가마솥에서 끓는 물을 떠 마시고 있던 웅담집 주인이 등을 돌리며 물었다.

"예, 무슨 일인지요?"

"나라이의 다이조 선생 가게는 어디인지요?"

"아, 다이조 선생의 가게는 다음번 네거리에 있습니다."

주인이 찻잔을 든 채 가게 앞까지 나와 손으로 길을 가르쳐 주려는데, 마침 밖에서 돌아온 소년을 보자 말했다.

"얘야, 이분이 다이조 선생의 가게에 가신다고 하니 네가 직접 그 앞까지 모셔다 드리고 오너라."

소년은 고개를 끄덕이고는 앞서서 터벅터벅 걸어갔다. 무사시는 주인의 친절함도 고마웠지만 어제 곤노스케에게 들었던 말을 떠올리고는 다이조라는 사람의 덕망이 어느 정도인지 알 수가 있었다.

백 가지 약초를 취급하는 약재상이라고 해서 길가에 있는 평범한 가게라고 생각했는데, 막상 와서 보니 예상이 완전히 빗나갔다.

"무사님, 여기가 다이조 님 댁입니다."

소년은 바로 앞의 대가大家를 가리키고는 곧바로 돌아갔는데 과연 누가 가르쳐 주지 않는다면 알 수가 없을 정도였다. 가게는 열었는데 구슬발이나 간판도 걸려 있지 않았다. 검게 칠한 세 칸짜리 격자창에 두 짝의 문이 달린 흙벽의 광이 이어지고 있었는데, 그 외에는 높은 담으로 둘러싸여 있었다. 입구에는 덧문이 쳐져 있어서 들어가기에도 다소 주눅이 들 만큼 크고 오래된 가게였다.

"실례합니다."

무사시가 문을 열자 넓고 어두운 공간에서 불어 나온 차가운 공기가 얼굴을 스쳐 갔다.

"누구십니까?"

누군가 안쪽에서 그렇게 물으며 나오자 무사시는 문을 닫고 말했다.

"저는 미야모토 무사시라고 하는 낭인인데, 혹시 열네 살 정도 되는 조타로라는 아이가 어제나 오늘 아침에 이 댁을 찾아왔을 거라는 말을 듣고 왔는데, 여기 있지 않은지요?"

무사시가 말을 끝맺기도 전에 사내는 알고 있다는 표정을 지으며 고개를 끄덕였다.

"아, 예."

사내가 정중히 자리를 권하고 인사를 한 후에 들려준 이야기에 무사시는 실망하고 말았다.

"정말 안 됐습니다만, 그 아이는 어젯밤 늦게 이곳을 찾아와 문을 두드렸지요. 마침 저희 주인이신 다이조 선생님께서 여행 준비를 하던 중이셔서 다른 사람들도 함께 있었는데, 무슨 일인가 하고 문을 열어 보니 방금 무사님이 말씀하신 조타로라는 아이가 문 앞에 서 있었습니다."

사내는 유서 깊은 가게에서 일을 하는 사람답게 본론으로 들어가기 전에 장광설을 늘어놓았지만 요지는 다음과 같았다.

무사시가 이 근처에서 일어난 일이라면 무슨 일이든 나라이의 다이조 님에게 부탁을 해라, 라는 말을 들은 것처럼 조타로도 오츠가 납치된 연유를 알리려고 울면서 이곳을 찾았는데 다이조가 이렇게 말했다고 했다.

"일단 수소문을 해 보겠지만, 이 일은 간단한 문제가 아니다. 이 부근의 도적이나 도둑의 짓이라면 곧 알 수 있겠지만 그들이 이곳 사람이 아닐 것이기 때문이다. 분명 큰길을 피해서 샛길로 빠져나간 것이 분명하다."

그렇게 판단을 하고 오늘 아침까지 사방팔방으로 사람을 보내 찾아보았지만 그의 예상대로 아무런 단서도 찾지 못했고 조타로는 어쩔 줄을 몰라 했다. 그러나 마침 오늘 아침에 여행을 떠나는 다이조가 조타로를 위로하며 이렇게 말했다고 했다.

"나와 함께 떠나지 않겠느냐? 그러면 길을 가다 오츠 님도 찾아볼 수 있고, 혹시라도 네 스승을 만날지도 모르니 말이다."

그 말을 들은 조타로도 좋아하며 꼭 함께 가고 싶다고 해서 같이 길을 떠났는데 그것이 불과 두 시각 전이라며 혀를 차며 안타까워했다. 두 시각 전이라면 아무리 서둘러 왔다고 한들 만나지 못했을 것이 분명했지만 그럼에도 무사시는 아쉬웠다.

"그럼 다이조 선생은 어디를 가신 건지요?"

그 대답 또한 막연했다.

"보시다시피 저희들 가게는 간판도 달지 않았고 약초는 산에서 만들어서 봄가을에 그것을 지고 여러 지방에 팔러 다닙니다. 그래서 주인님은 한가할 때가 많아 기회만 있으면 신사나 사찰을 찾아 참배하거나 온천을 다니며 명소를 둘러보는 것이 유일한 낙입니다. 이번에도 아마 선광사善光寺에서 에치고지越後路를 구경하며 에도로 가시지 않을까 합니다만."

"그러니까 확실한 것은 모르신다는 말씀이군요?"

"예, 목적지를 정하고 떠난 적이 없는 분이시라……."

사내는 그러고는 무사시에게 차라도 대접하려는 듯 안쪽으로 차를 가지러 갔다. 그러나 무사시는 여기서 한가하게 차나 마시며 앉아 있을 수가 없었는지 차를 가지고 온 사내에게 다이조의 용모와 나이 등을 물었다.

"주인님은 길에서 만나시더라도 단번에 알아볼 수가 있을 것입니다. 연세는 쉰둘이시지만 아직도 건장하시고 얼굴은 좀 각이 졌고 붉은 편이며 곰보 자국이 많으십니다. 또 오른쪽 이마가 약간 벗겨지셨습니다."

"키는?"

"보통이라고 할 수 있지요."

"의복은 어떤 걸……?"

"이번 여행에는 사카이^堺에서 구하셨다는 줄무늬 당목^{唐木}을 입으셨습니다. 그 옷은 아주 귀한 것으로 입는 사람들이 별로 없을 터이니 뒤를 쫓아가시려 한다면 아마 좋은 표식이 될 것입니다."

다이조에 대해서는 대략 알게 되었고 여기서 사내와 이야기를 하다가는 끝이 없을 듯했다. 무사시는 사내가 애써 가져온 차를 마시고 곧 그곳을 나와 길을 재촉했다. 낮 동안에는 어려울지 모르지만 밤을 새워 세바^{洗馬}에서 시오지리의 역참을 지나 오늘 밤 안에 고갯마루에 올라 기다리고 있으면 새벽녘에는 다이조와 조타로가 나타날 것이 분명했다.

"그래, 먼저 가서 그곳에서 기다리고 있으면……."

니에鑷 강과 세바를 지나 산기슭 마을까지 왔을 때는 이미 해가 저물어 거리에는 집집마다 등잔불이 켜지기 시작했다. 봄날 저녁의 그 풍경은 뭐라고 형용할 수 없는 객지의 쓸쓸함을 담아내고 있었다.

그곳에서 시오지리塩尻 고갯마루까지는 아직 이 리 정도 남아 있었다. 무사시는 밤이 그리 깊지 않은 동안에 단숨에 고개를 올라 이노지가하라ぃの字ヶ原의 고원에 서서 한숨을 돌리며 밤하늘의 별을 넋을 잃고 바라보고 있었다.

봉술,
무소류

무사시는 깊이 잠이 들었다. 지금 그가 잠
들어 있는 작은 사당의 처마에는 센겐[浅間] 신사라는 현판이 걸려 있었
다. 그곳은 고원의 한쪽에 혹처럼 도드라져 있는 바위산 위에 있었는데
이곳 시오지리 고개에서 가장 높은 곳이었다.

"어이, 빨리 올라와. 후지 산이 보인다."

문득 귓전에 사람의 목소리가 들렸다. 사당 마루에서 팔을 베고 잠
을 자고 있던 무사시가 벌떡 일어나자 갑자기 눈부신 새벽 햇살이 구
름 너머로 비쳤다. 사람들은 보이지 않았지만 구름바다 저편으로 새
빨간 후지 산의 모습이 눈에 들어왔다.

"아, 후지 산이구나."

무사시는 소년처럼 탄성을 질렀다. 그림으로만 보고 가슴속에서 그
려 보던 후지 산을 눈앞에서 보는 것은 태어나서 처음이었다. 게다가

막 잠에서 깬 순간, 자신과 같은 눈높이에 솟아 있는 후지 산을 마주
하자 그는 한동안 아무 소리도 내지 못하고 그저 탄성만 질렀다.

"아아!"

무사시는 눈도 깜빡이지 않고 넋을 잃고 바라보았다. 어느새 얼굴
위로 눈물이 흘러내렸지만 그는 닦을 생각도 하지 않았다. 아침 햇살
에 물든 얼굴 위로 흐르는 눈물까지 빨갛게 빛을 발하고 있었다.

'인간의 초라함이여!'

무사시는 광대한 우주 아래 자기 자신의 초라함을 느끼고 슬퍼졌던
것이다. 그의 가슴 깊은 곳에는 일승사에서 요시오카의 제자 수십 명
과 검 하나를 들고 단신으로 싸워 이겼다는 자부심이 은밀하게 자리
잡고 있었다. 천하에 무사라고 자처하는 자는 많지만 모두 변변치 못
하다고 하는 자만심이 고개를 들고 있었다. 그러나 설사 검의 길에서
자신이 갈망하는 대가가 된들 그것이 얼마나 위대할 것이며, 또 그 생
명이 얼마나 오래갈 것인가?

무사시는 슬퍼졌다. 후지 산의 유구함과 아름다움을 바라보고 있자
그것이 가슴 아팠다. 인간은 인간의 한계 안에서 살아갈 수밖에 없었
다. 자연의 유구함을 흉내 내려 해도 그것은 결코 흉내 낼 수 있는 것
이 아니었다. 자신보다 위대한 존재가 바로 자신의 머리 위에 있었다.
그 아래에 있는 존재가 바로 인간이었다.

무사시는 후지 산과 똑같은 위치에 서 있는 것이 무서워졌다. 어느
순간, 그는 땅 위에 무릎을 꿇고 있었다.

"……."

두 손을 모아서 합장을 했다. 어머니의 명복을 빌었다. 대지의 은혜에 감사했다. 오츠와 조타로의 안녕을 빌었다. 그리고 대자연처럼 위대하지는 않지만 인간으로서, 초라하면 초라한 대로 위대해지고 싶다고 마음속으로 빌었다.

"……."

무사시는 여전히 손을 모으고 있었다. 그런데 어디선가 목소리가 들려왔다.

'어찌 인간이 초라한가?'

'인간의 눈에 비치고서야 비로소 자연은 위대해진다. 인간의 마음에 깃들고서야 비로소 신도 존재한다. 그러니 인간이야말로 가장 크고 명확한 존재이자 살아 있는 생명이 아닌가?'

'너라는 인간은 신과 우주의 존재와 결코 멀리 있지 않다. 네가 차고 있는 석 자의 검을 통해서 이를 수 있을 만큼 가까이에 있다. 하지만 그런 나약함에 사로잡혀 있어서는 결코 달인이나 명인의 경지에 다다를 수 없을 것이다.'

무사시가 합장하면서 가슴속으로 그 울림을 듣고 있는데 아래쪽에서 사람의 소리가 들렸다.

"와, 정말 잘 보인다."

"이렇게 후지 산을 선명하게 볼 수 있는 날은 흔치 않습니다."

아래쪽에서 올라온 서너 명의 사람들이 손 그늘을 만들어 산의 경관에 감탄을 하고 있었다. 그 사람들 중에도 산을 단순히 산으로 보는 사람과 신으로 우러러보는 두 부류가 있었다.

고부^牛 산 밑의 고원 쪽 길에는 행인들이 오가는 모습이 개미처럼 내려다보였다. 무사시는 사당 뒤편으로 돌아가서 그 길을 바라보고 있었다. 머지않아 다이조와 조타로가 산기슭을 따라 올라올 것이었다. 그리고 혹시라도 자신이 보지 못한다 하더라도 그들이 자신을 보지 못할 리는 없다고 안심하고 있었다. 만일의 경우를 대비해서 여기 바위산 아래쪽 길가의 눈에 띄는 곳에 무사시가 나무판자에다 다음과 같이 써서 세워 놓았기 때문이었다.

나라이의 다이조 님, 이곳을 지나실 때 꼭 뵙기를 바랍니다.

위에 있는 작은 사당에서 기다리겠습니다.

조타로의 스승 무사시

그러나 행인의 왕래가 가장 많은 아침 시간이 지나고 고원 위로 해가 높이 오를 때까지 기다려도 그들은 오지 않았다.

"이상하군."

무사시는 차츰 초조해지기 시작했다.

"틀림없이 올 텐데?"

이 고원의 봉우리를 경계로 해서 길은 고슈, 나카센도, 기타구니 가도의 세 방향으로 갈라지고 있었고 강물은 모두 북쪽으로 흘러서 에치고의 바다로 들어갔다. 설령 다이조가 선광사 쪽이나 나카센도로 간다고 해도 반드시 이곳을 지나야만 했다.

그러나 세상일을 이치로만 따지다 보면 터무니없는 잘못이 왕왕 생기기도 했다. 혹시 갑자기 길을 바꿨든지 아니면 아직 저 앞의 산기슭에서 머물고 있을지도 몰랐다. 무사시는 하루치의 끼니를 가지고 있었지만 점심을 겸해서 산기슭 마을까지 돌아갈까 생각했다.

"그렇게 하자."

무사시가 바위산에서 뛰어 내려가려는 순간, 바위산 아래에서 소리치는 자가 있었다.

"저기 있다!"

그 목소리에는 살기가 서려 있었다. 그젯밤, 무사시의 몸을 스치던 봉의 울림을 닮았다. 깜짝 놀란 무사시가 바위에 엎드려 아래쪽 살펴보자 역시 소리를 지르며 올려다보는 눈은 그날 밤의 그 눈이었다.

"낭인, 당신을 쫓아왔소."

이렇게 소리를 친 자는 곤노스케였고 노모도 함께 있었다. 곤노스케는 노모를 소에 태우고 고삐와 네 척 정도의 봉을 손에 들고 무사시가 있는 위쪽을 노려보고 있었다.

"낭인, 좋은 곳에서 만났소. 아무런 말도 하지 않고 우리 집에서 도망친 것은 우리의 마음을 알아채고 몸을 피한 것이겠지만, 그러면 내 체면이 뭐가 되겠소? 그러니 다시 한 번 시합을 합시다. 자, 어서 내 봉을 막아 보시오."

바위 사이의 급한 샛길 중간에서 무사시는 한동안 바위에 기댄 채 아래를 바라보고 있었다. 무사시가 내려오지 않자 아래에 있던 곤노스케가 소리쳤다.

"어머니는 여기서 보고 계세요. 꼭 평지에서만 싸우라는 법은 없으니 제가 올라가서 저자를 이기고 어머님 앞으로 데려오겠습니다."

곤노스케는 노모가 타고 있는 소의 고삐를 놓고 봉을 고쳐 잡고서 무턱대고 바위산을 오르려고 했다.

"곤노스케!"

노모가 소리쳤다.

"저번에도 그렇게 경솔하게 행동하다 지지 않았느냐! 흥분하지 말고 먼저 적의 심중을 읽어야 한다. 만약 위에서 바위라도 굴리면 어쩔 작정이냐?"

모자간의 이야기 소리가 들렸다. 그러나 무슨 내용인지 무사시는 알아들을 수가 없었다. 그사이에 무사시는 역시 이 싸움은 피하는 수밖에 다른 방도가 없다고 마음을 정했다.

이미 무사시는 이겼다. 그의 봉술 실력도 알고 있었으니 굳이 다시 싸워서 이길 필요는 없었다. 하지만 진 것을 원통해하며 모자가 여기까지 자신을 쫓아온 것을 보자 지기 싫어하는 두 모자의 집념이 무서웠다. 요시오카 일문의 예를 보더라도 원한이 남는 시합은 하지 말아야 했다. 자칫하면 얻은 것 없이 귀중한 생명을 잃을지도 몰랐다.

게다가 무사시는 아들에 대한 맹목적인 사랑 때문에 다른 사람을 저주하는 무지한 노모의 무서움을 뼈에 사무치도록 체험하기도 했다. 바로 마타하치의 모친인 오스기였다. 그러니 굳이 자진해서 한 아들의 어머니에게 저주를 살 필요가 있을까, 하며 아무리 생각해도 이번에는 도망치는 것 외에는 다른 길은 없는 듯했다. 무사시는 아무 말도 하지 않고 중간 정도 내려왔던 바위산을 다시 느릿느릿 걸어서 올라가기 시작했다.

"앗, 낭인!"

무사시의 등 뒤에서 이렇게 소리친 것은 곤노스케가 아니라 방금 소등에서 내려선 노모였다.

"……."

노모의 강건한 목소리에 이끌려 무사시는 뒤를 돌아보았다. 노모는 바위산 아래에 앉아서 물끄러미 무사시를 올려다보고 있었다. 무사시가 뒤돌아본 것을 본 노모는 두 손을 땅에 대고 머리를 숙였다. 당황한 무사시는 돌아서지 않을 수가 없었다. 하룻밤 은혜를 입고 아무런 감사의 인사도 하지 않고 뒷문으로 도망쳤다. 그런 무사시에게 노모는 양손을 땅에 대고 머리를 숙이고 있는 것이었다.

'어머님, 머리를 드십시오.'

무사시는 자신도 모르게 이렇게 속으로 외치면서 무릎을 꿇었다.

"무사님, 필시 우리를 고집이 세고 변변찮은 자들이라고 경멸하고 계실 것이오. 그러나 무슨 원한이나 자만, 분노 때문이 아닙니다. 봉술을 익힌 이래, 근래에 들어 스승도 없고 친구도, 좋은 상대도 만나지 못한

제 자식을 가련히 여겨서 다시 한 번 가르침을 주시길 바랍니다."

무사시는 여전히 아무 말도 하지 않았다. 그러나 노모가 간절함 마음으로 외치는 말에는 진심이 담겨져 있었다.

"그대로 가 버리시면 저희에게 천추의 한을 남기게 될 것입니다. 언제 다시 무사님과 같은 상대를 만나겠습니까? 또한 그렇게 부끄럽게 패배한 제 자식이나 저도, 또 과거 이름 높은 무가를 이룬 조상님께 어찌 머리를 들 수 있겠습니까? 원한 때문이 아닙니다. 패배를 하더라도 지금 이대로라면 그저 농부가 싸움에 진 것에 지나지 않습니다. 이렇듯 무사님과 같은 분을 만났는데 아무것도 배우지 못하고 지나가서는 그것이야말로 너무나 원통한 일이 아니겠습니까? 저는 그것을 꾸짖으며 아들을 데리고 온 것입니다. 부디 제 바람을 들어주셔서 시합을 해 주시길 바랍니다. 부탁드립니다."

노모는 말을 마치고 다시 무사시를 향해 머리를 숙였다. 무사시는 말없이 산에서 내려왔다. 그러고는 노모의 손을 잡고서 소 등에 태우고는 말했다.

"곤노스케 님, 고삐를 잡고 걸으면서 이야기합시다. 시합을 할 것인지 하지 않을 것인지는 나도 걸으면서 생각하기로 하고."

무사시는 그렇게 말하고 아무 말 없이 모자에게 등을 돌리고 걸어갔다. 걸으면서 이야기를 하자고 했음에도 무사시는 여전히 말이 없었다. 무사시가 무엇을 그토록 망설이는지 이해할 수 없는 곤노스케는 뒤에서 의심스런 눈으로 무사시의 등을 바라보고 있었다. 그리고 한

발이라도 뒤질세라 느릿느릿 걷는 소를 재촉하며 뒤를 따라갔다.

시합을 할 것인가, 거절할 것인가? 소 등에 탄 노모도 초조한 듯 보였다. 그렇게 고원 길을 이십 정 정도 걸어갔을 때, 무사시의 입에서 신음 소리가 흘러나왔다.

"흐음!"

그러고는 갑자기 뒤를 돌아보며 말했다.

"하겠소."

곤노스케는 잡고 있던 쇠고삐를 놓으며 말했다.

"승낙한 거요?"

곤노스케가 벌써 시합 장소를 고르는 듯 주위를 둘러보고 있는데 무사시는 그를 개의치 않고 노모에게 물었다.

"하지만 아주머니, 만일의 경우가 일어나도 괜찮겠는지요? 시합과 진검승부는 무기가 다를 뿐 종이 한 장 차이도 나지 않습니다."

무사시가 그렇게 다짐을 두자 노모는 비로소 싱긋 웃음을 보이며 대답했다.

"무사님, 당연한 말씀을 하십니다. 아들이 봉술을 수련한 지 벌써 십 년, 만약 나이가 어린 그대에게 패한다면 차라리 무도의 뜻을 접는 것이 더 낫습니다. 또 아들도 무도의 뜻을 접는다면 살아갈 의미도 없다고 하니 그렇다면 차라리 시합을 하다 죽기를 본인도 바라고 있습니다. 저 역시 그것을 두고 원망하지 않을 것입니다."

"그렇게까지 말씀하신다면."

무사시는 시선을 돌려 곤노스케를 바라보며 그가 놓은 고삐를 집어 들고서 말했다.

"여기는 지나다니는 사람이 많아서 좋지 않소. 어딘가에 소를 매어 두고 마음껏 겨뤄 봅시다."

무사시는 이노지가하라 한복판에 한 그루 커다란 낙엽송을 가리키며 소를 몰고 가며 곤노스케에게 재촉했다.

"자, 준비를."

기다리고 있던 곤노스케가 봉을 세우고 무사시의 앞에 섰다. 무사시는 꼿꼿이 선 채 상대방을 조용히 바라보았다.

"……"

무사시는 목검을 가지고 있지 않았다. 그렇다고 근처에서 무기를 찾으려고 하지도 않았다. 어깨도 펴지 않고 두 손을 그냥 내려뜨리고 있었다.

"준비하시오."

이번에는 곤노스케가 재촉하자 무사시가 반문했다.

"무슨 준비를?"

곤노스케는 울컥했는지 거친 목소리로 말했다.

"무엇이든 자신 있는 무기를 주우시오."

"무기는 가지고 있소."

"무기가 맨손이오?"

"아니오……"

무사시는 고개를 저으면서 왼손을 가만히 들어 칼자루를 잡으며 말했다.

"여기 있소."

"아니, 진검으로?"

"……."

무사시는 대답 대신 입가에 살짝 웃음을 머금었다. 그 순간, 낙엽송 아래에 돌부처처럼 앉아 있던 노모의 얼굴이 갑자기 새파래졌다. 노모는 진검이라는 무사시의 말에 깜짝 놀랐는지 급히 소리를 질렀다.

"아, 잠깐만."

그러나 무사시의 눈과 곤노스케의 눈은 꼼짝도 하지 않았다. 곤노스케는 봉으로 마치 고원의 기운을 모두 빨아들여서 단 일격에 쏟아내려는 듯 앞으로 겨누고 있었다. 무사시 역시 한 손을 칼집에 댄 채 상대방의 눈을 날카롭게 노려보고 있었다. 두 사람은 이미 마음속에서 싸움을 벌이고 있었다. 지금 두 사람의 눈은 칼과 봉이 되어 서로를 베고 있었다. 먼저 눈으로 상대를 벤 후 자신의 무기로 공격해 들어가려고 하는 것이었다.

"잠깐 기다리시오."

노모가 다시 소리쳤다.

"왜 그러십니까?"

무사시는 서너 발자국 물러서며 물었다.

"진검이라 하셨소?"

"그렇습니다. 목검이든 진검이든 제 경우에는 차이가 없습니다."

"그걸 만류하는 것은 아니오."

"알고 계신다면 다행입니다만, 검이란 일단 뽑으면 상대를 봐주는 법은 없습니다. 만일 그럴 마음이라면 오직 도망치는 길만이 있을 뿐."

"지당한 말이오. 내가 만류한 것은 그 때문이 아니오. 이 정도의 시합을 하면서 서로의 이름을 알지 못한다면 후일 후회를 할 듯하오."

"흐음, 그렇군요."

"원한으로 인한 시합이 아닐진대, 또 양쪽 모두 서로 만나기 어려운 좋은 상대이니 이 또한 인연일 것이오. 곤노스케, 너부터 네 이름을 말하거라."

"예."

곤노스케는 예를 갖춘 후 자신에 대해 이야기했다.

"제 선조는 기소 님의 막하幕下인 다유보 가쿠묘라고 하는 분이라고 알려져 있습니다. 그러나 그 가쿠묘 님은 기소 가문이 멸망한 후에 출가하여 호넨쇼닌法然上人에게 사사하셨으므로 그 일족일지도 모릅니다. 그 후 오랜 세월을 토민으로 살아오다 지금의 제 대에 이르렀지만, 아버님의 대에 어떤 치욕을 겪게 되었고 어머님과 저는 그 원통함을 풀고자 맹세를 하였습니다. 하여 온타케 신사에 머물며 지성을 드리고 반드시 무도를 통해 가문을 일으킬 것을 맹세하였습니다. 그리고 신 앞에서 체득한 제 봉술을 무소류夢想流라 칭하니, 사람들도 저를 부를 때는 무소 곤노스케라고 합니다."

곤노스케가 말을 마치자 무사시도 예를 취하고 자신에 대해 소개하였다.

"저의 가문은 반슈 아카마쓰의 지류인 히라다 쇼겐의 후예로서 미마사카 미야모토 촌에 살고 있으며, 미야모토 무니사이라고 하는 분의 아들인 미야모토 무사시라고 합니다. 딱히 친척도 없으며 무도의 길에 몸을 바쳐 세상을 떠돌아다니고 있습니다. 설령 지금 그대의 봉에 생명을 잃는다고 해도 아무 미련이나 아쉬움은 없을 것입니다."

말을 마친 무사시가 다시 자세를 바로잡았다.

"그럼."

곤노스케도 봉을 고쳐 잡고 답했다.

"그럼."

그 순간, 소나무 아래에 앉아 있던 노모는 숨도 쉬지 않는 듯 보였다. 찾아온 재난이라면 몰라도 스스로 자신의 아들을 칼날 앞에 세운 것이었다. 보통 사람이라면 상상할 수도 없는 일이었지만 이 노모는 다른 사람들이 뭐라고 하든 굳게 믿는 구석이 있는지 태연자약한 모습으로 지켜보고 있었다.

"……."

노모는 어깨를 조금 앞으로 숙인 채 양손을 무릎 위에 올려놓고 단정하게 앉아 있었다. 몇 명의 자식을 낳고 또 몇 명의 자식을 저세상으로 보내면서 빈곤한 삶을 살아온 그녀의 주름진 육신은 너무나 작기만 했다. 그러나 이제 무사시와 곤노스케가 불과 몇 걸음밖에 떨어지지 않은 공간을 사이에 두고서 싸움에 임한 순간, 노모의 눈이 날카롭게 빛을 발했다.

그녀의 아들은 이미 무사시의 검 앞에 놓여 있었다. 무사시가 칼을 빼는 순간, 자신의 운명을 예상한 곤노스케의 전신에 소름이 돋았다.

'이자는 너무 강하다.'

곤노스케는 새삼 깨달았다. 며칠 전, 자신의 집 뒤편에서 무턱대고 덤벼들었던 그때의 적과는 전혀 달랐다. 서체로 비유하자면 그때의 무사시는 초서체草書體처럼 자유분방했지만 지금의 무사시는 한 점, 일획도 소홀히 하지 않은 엄격한 해서체楷書體와 같았다. 곤노스케는 자신이 적을 가늠함에 있어서 터무니없는 잘못을 범했다는 것을 깨닫고 있었다. 또 그것을 능히 깨달을 수 있는 곤노스케는 그날 밤처럼 무턱대고 무사시를 공격해 들어가지 않고 봉을 머리 높이 쳐들고 노려보고만 있었다.

이노지가하라를 뒤덮고 있던 연무도 희미하게 걷히고 있었다. 멀리 아련히 보이는 산을 향해 새 한 마리가 유유히 가로질러 날아갔다. 갑자기 두 사람 사이의 공간에서 나는 새도 떨어뜨릴 것 같은 진동이 울렸다. 봉이 공간을 갈랐는지, 검이 바람을 갈랐는지 알 수가 없었다. 그뿐 아니라 두 사람의 오체와 무기가 하나가 된 움직임은 육안으로는 도저히 가늠할 수가 없었다. 시각이 뇌를 자극하는 극히 짧은 찰나, 이미 두 사람의 위치와 자세는 완전히 달라져 있었다.

곤노스케가 가한 일격은 무사시의 몸 옆쪽을 갈랐고, 무사시가 손목을 뒤집어 중간부터 위쪽을 향해 쳐올린 칼날은 곤노스케의 몸 옆쪽인 듯했지만 오른쪽 어깨부터 옆 머리카락을 스치고 지나갔다.

이때에도 무사시의 검의 특징을 나타났다. 상대의 몸을 빗겨 간 검이 정점에서 곧바로 솔잎 형태로 되돌아왔다. 이 되돌아오는 칼날은 언제나 상대에게 사신과도 같았다. 이를 직감한 곤노스케는 두 번째 공격을 가할 틈도 없이 두 손으로 봉을 잡고 무사시의 검을 머리 위에서 막아 냈다.

곤노스케의 머리 위에서 봉이 '쿵' 하고 울렸다. 지금처럼 칼을 봉으로 막으면 당연히 봉이 두 동강이가 날 것이지만, 칼을 대각선으로 내려치지 않는 한 봉은 절대 잘리지 않는다. 곤노스케도 그것을 잘 알고 있었다. 그는 왼쪽 팔꿈치를 상대의 손목 방향으로 깊이 집어넣으면서 오른쪽 팔꿈치를 다소 높게 구부리고는 봉 끝으로 무사시의 명치를 찌르듯 막아낸 것이었다.

무사시의 칼은 분명히 멈췄지만 곤노스케의 목숨을 건 그 과감하고 재빠른 모험은 성공하지 못했다. 왜냐하면 봉과 칼이 그의 머리 위에서 끼익 하고 열십자로 마주친 순간, 봉의 끝과 무사시의 가슴 사이에는 애석하게도 한 치 정도의 극히 미세한 공간이 존재했기 때문이었다.

뒤로 물러설 수도 그렇다고 앞으로 나갈 수도 없었다. 초조함 때문에 무모하게 공격을 시도하는 쪽이 패배할 것은 자명했다. 이것이 칼과 칼이라면 서로 밀어붙이기라도 하겠지만, 지금은 칼과 봉이었다.

봉에는 칼코등이[1]도 칼날도 없었고 또 칼끝과 칼자루도 없었다. 하지만 둥근 네 척의 봉은 그 자체가 칼이자 칼끝이며 또 칼자루라 할 수 있었기 때문에 봉을 능숙하게 사용한다면 그 천변만화는 도저히 칼에 비할 바가 아니었다.

검의 육감으로 봉이 어떻게 공격해 올 것이라고 미리 예상하는 것은 절대 금물이었다. 봉은 상황에 따라 검과 같은 움직임을 지니면서도 짧은 창과 같은 움직임도 가능하기 때문이었다. 봉과 열십자로 물린 상황에서 무사시가 칼을 빼지 못하는 이유도 거기에 있었다. 곤노스케는 더욱 그러했다. 그의 봉은 무사시의 칼을 머리 위에서 지탱하고 있었기 때문에 수동적인 자세였다. 봉을 거둔다는 생각은커녕 만일 전신에서 힘을 조금이라도 뺀다면 그 즉시 무사시의 칼이 그대로 그의 머리를 베어 버릴 것이었다.

온타케 계시를 받아 봉술을 체득한 곤노스케도 지금의 상황에서는 어떻게 할 수가 없었다. 그의 얼굴은 점점 새파랗게 변해갔다. 앞니가 아랫입술 깊이 파고들고 있었다. 눈꼬리에서 진땀이 흘러내렸다.

"……."

머리 위에서 열십자를 이루고 있는 봉과 칼이 부들부들 떨리고 있었다. 그 아래에 있는 곤노스케의 숨결이 점점 거칠어졌다. 그 순간, 소나무 아래에서 곤노스케 이상으로 새파랗게 질린 얼굴로 지켜보던

---

1 슴베 박은 칼자루의 목 쪽에 감은 쇠테를 일컫는다. 칼자루를 쥔 손을 보호하는 역할을 하는 칼코등이는 연꽃이나 용 등 다양한 문양으로 제작된다.

노모가 외쳤다.

"곤노스케!"

아들의 이름을 부른 순간에 그녀는 정신이 없었음이 분명했다. 앉아 있던 노모는 허리를 길게 늘이며 손으로 자신의 허리를 세차게 치며 소리를 질렀다.

"허리, 허리다!"

그렇게 외친 노모는 피를 토하듯 앞으로 고꾸라졌다.

두 사람 모두 돌부처가 되기 전까지는 결코 거둘 것 같지 않던 봉과 칼이 그 순간, 서로 맞부딪칠 때보다 더 빠르고 강하게 튕겨져 나갔다. 무사시가 먼저 떨어진 것이었다. 물러선 것도 두세 자의 거리가 아니었다. 오른쪽인지 왼쪽인지, 한쪽의 뒤꿈치가 강한 반동으로 땅을 박차고 뒤쪽으로 일곱 자나 물러나 있었다. 그러나 그 거리는 곤노스케의 비약과 네 척의 봉에 의해 순식간에 좁혀졌다.

"앗!"

무사시는 가까스로 봉을 받아치며 옆으로 흘렸다. 수세에서 공세로 전환해서 내리친 봉을 무사시가 걸어 내자 곤노스케는 자신의 기세를 주체하지 못하고 머리를 땅바닥에 처박을 듯 앞으로 고꾸라졌다. 그것은 흡사 송골매가 땅 위의 먹이를 향해 일직선으로 하강하듯 자신의 등을 무사시의 눈앞에 그대로 드러낸 꼴이 되고 말았다. 한 줄기 빗줄기 같은 가느다란 섬광이 그의 등을 가로질렀다.

"으으윽!"

곤노스케는 신음을 흘리며 몇 걸음 앞으로 걸어가다 그대로 쓰러졌다. 순간 무사시도 한 손으로 명치를 감싸며 풀숲 속으로 털썩 주저앉고 말았다.

"내가 졌다!"

무사시가 외쳤다. 곤노스케는 아무 말도 없었다. 앞으로 엎어진 곤노스케는 움직임이 전혀 없었다. 그 모습을 넋을 잃고 바라보고 있던 노모는 정신이 나간 듯 보였다.

"칼등으로 쳤습니다."

무사시가 노모를 바라보며 그렇게 말했다. 노모가 여전히 자리에 멍하니 앉아 있자 무사시가 다시 말했다.

"빨리 물을 먹이십시오. 아드님은 아무 상처도 입지 않았을 것입니다."

"예?"

노모는 그제야 얼굴을 들고 다소 어리둥절한 표정으로 곤노스케를 바라보다가 무사시가 말한 대로 피가 보이지 않자 탄성을 질렀다.

"오오!"

몸을 일으킨 노모가 비틀거리며 달려가더니 아들의 몸을 부여안았다. 노모가 물을 먹이고 이름을 부르며 몸을 흔들자 이윽고 곤노스케는 눈을 뜨더니 숨을 내쉬었다. 그리고 망연히 앉아 있는 무사시를 보자 갑자기 벌떡 일어서서 앞으로 가더니 땅에 머리를 숙이며 말했다.

"송구스럽습니다."

무사시도 그제야 정신이 들었는지 황급히 그의 손을 잡으며 말했다.

"아니, 진 것은 그대가 아니라 바로 나입니다."

무사시는 옷깃을 벌려 자신의 명치를 두 사람에게 내보였다.

"봉 끝에 맞은 자국이 이렇듯 빨갛게 변해 있지 않습니까. 만약 조금만 더 깊이 들어왔다면 필시 난 죽었을 겁니다."

무사시는 그렇게 말하면서도 여전히 멍한 듯했다. 자신이 어떻게 졌는지 도무지 이해하지 못하는 듯했다. 그와 똑같이 곤노스케와 노모도 무사시의 명치에 생긴 붉은 반점을 바라보며 아무 말도 하지 못하고 있었다. 무사시는 다시 옷깃을 여미고 노모에게 물었다.

"조금 전, 저희 둘이 시합을 하는 중에 허리라고 외친 것은 무슨 연유 때문인지요? 그때, 곤노스케 님의 허리 쪽에 어떤 허점을 발견하고 그렇게 말씀을 하신 건지요?"

그러자 노모가 대답했다.

"참으로 부끄러운 일이지만, 제 아들은 오직 무사님의 칼을 봉으로 막기 위해 필사적으로 두 다리에 힘을 주고 버티고 있었습니다. 물러나지도 또 들어가지도 못하는 절체절명의 상황이었습니다. 그것을 옆에서 보고 있는 동안, 무예에 대해 아무것도 모르는 저에게도 퍼뜩 허점이 보였습니다. 그것은 무사님의 검에 온 마음을 빼앗기고 있었기 때문에 그런 상태가 된 것이었습니다. 손을 뺄지, 그대로 찌를지 마음을 정하지 못하니 더 깨닫지 못했겠지만, 자신의 몸과 손은 그대로 유지하면서도 그저 허리를 낮추기만 하면 저절로 봉 끝이 상대의 가슴을 찌를 수 있을 거라는 생각이 들었습니다. 그래서 무슨 소리를 하는

지도 모른 채 외친 것입니다."

무사시는 고개를 끄덕이고 있었다. 그러고는 좋은 가르침을 받았다며 고마움을 표했다.

곤노스케는 아무 말 없이 두 사람의 말을 듣고 있었는데 그도 무엇인가 깨달은 바가 있었음에 틀림없었다. 그것은 온타케 산신의 계시가 아닌 아들의 생사를 건 시합을 눈앞에서 지켜보던 어머니가 자식에 대한 사랑으로 찾아낸 '궁극의 활리活理'였다.

기소의 일개 농부였던 곤노스케는 훗날, 무소 곤노스케라고 불리고 무소류 봉술의 시조가 되었다. 그는 무술 비전에 '도모의 일수導母一手'라는 비술을 소개하면서 어머니의 큰 사랑과 무사시와의 시합을 소상하게 적어 놓았는데, '무사시에게 이겼다'라고 적지 않았다. 그는 일생 동안 사람들에게 무사시에게 졌다고 이야기하며 그 패배를 고귀한 경험이라고 기록했다.

한편, 두 모자의 행복을 빌며 그들과 헤어진 무사시가 이노지가하라를 떠나 가미스와上諏訪 부근까지 이르렀을 때였다.

"무사시라고 하는 자가 이 길을 지나지 않았는지요? 분명 이 길로 왔을 텐데."

마부들이 쉬는 역참과 지나는 행인들을 붙잡고 그렇게 물어보면서 가는 한 무사가 있었다.

무사도

　　　　　　　　명치에서 조금 벗어난 늑골 부분이 계속 아파왔다. 곤노스케의 봉에 맞은 통증이었다. 가미스와 근처에서 조타로와 오츠의 소식을 알아봐야 한다고 생각했지만 어쩐지 정신도 맑지 않았다. 시모스와 下諏訪까지 가면 온천이 있다는 생각을 한 무사시는 급히 걸음을 서둘렀다.

　호반湖畔 마을은 천 개가 넘는 상가가 있다고 할 정도였다. 마을의 중심부로 들어가기 전에 길가에 지붕이 딸린 작은 온천이 보였다. 그곳은 지나가는 사람들이 마음껏 들어가도 되는 노천탕이었다. 무사시는 옷과 칼을 한데 묶어 나뭇가지에 걸어 놓고 노천탕에 들어가 머리를 돌에 대고 눈을 감았다.

"아아."

　탕 안에서 아침부터 팽팽하게 부풀었던 명치를 주무르자 몸이 나른

해지면서 기분이 좋아졌다.

해가 서쪽으로 지고 있었다. 어부들의 집인지, 호숫가의 집들 사이로 보이는 수면에 검붉은 연무가 피어오르고 있었다. 두세 마지기 밭을 사이에 둔 길가에서 말과 사람과 수레가 오가는 소리가 빈번하게 들려왔다. 근처에 있는 기름이나 잡화를 파는 작은 가게 앞에서 누가 말했다.

"짚신 한 켤레 주시오."

탁상 하나를 차지하고 신발을 고쳐 매고 있던 무사가 다시 물었다.

"소문을 들어 알고 있겠지만, 근래에 보기 드물게 교토의 일승사에서 요시오카 일문과 단신으로 맞서 멋진 대결을 벌인 사내 말이오. 분명 이 길목을 지났을 것인데 보지 못했소?"

시오지리 고개를 넘었을 무렵부터 지나가는 행인들을 붙잡고 물어보던 바로 그 무사였다. 그런데 사람들이 무사시의 복장이나 나이 등을 되묻자 그도 무사시에 대해 잘 모르는 듯했다.

"글쎄, 그것은 잘……."

그러고는 무슨 볼일이 있는지 보지 못했다는 말을 들으면 크게 낙담하며 혼자 되뇌었다.

"꼭 만나야 하는데……."

짚신을 다 신고 채비를 했음에도 여전히 혼자 무언가를 중얼거리고 있었다.

'나를 찾는 것이로군.'

무사시는 노천탕 안에서 밭 너머에 있는 무사를 꼼꼼하게 살펴보았다. 피부가 햇볕에 검게 탄 마흔 정도 되어 보였고 낭인이 아닌 주군을 모시고 있는 자 같았다. 삿갓의 끈 때문인지 모르지만 귀밑머리가 헝클어져 있었는데 그대로 전장에 나가더라도 다른 무사들이 겁을 집어먹을 만한 골격을 지니고 있었다. 분명 옷을 벗으면 갑옷이나 갑주로 잘 단련된 몸일 듯했다.

"흐음, 처음 보는 자인 듯한데……."

무사시가 생각에 잠겨 있는 동안 무사는 어느새 그곳을 뜨고 말았다. 요시오카에 대해 말한 것으로 봐서는 어쩌면 그 제자인 것 같기도 했다. 제자들이 많았으니 기개가 있는 자도 있을 것이었다. 복수를 하기 위해 무사시를 노리고 있는 자들이 없다고는 장담할 수 없었다.

무사시가 몸을 닦고 옷을 입은 후에 길가로 나서자 어디서 왔는지 방금 그 무사가 무사시의 앞에 나타났다.

"뭣 좀 여쭙겠소이다."

무사는 가볍게 인사를 하더니 무사시의 얼굴을 찬찬히 바라보면서 말했다.

"혹시 귀공은 미야모토 무사시가 아니신지요?"

무사시가 수상쩍은 얼굴로 고개를 끄덕이자 그는 자신의 육감이 들어맞은 것을 사뭇 기뻐하며 말했다.

"이거, 드디어 이렇듯 뵙게 되다니 참으로 다행입니다. 처음부터 분명 만날 수 있으리라 믿고 있었습니다."

그는 무사시가 말할 틈도 주지 않고 무조건 오늘 밤은 자신과 함께 묵자고 말하며 덧붙였다.

"저는 결코 수상쩍은 자가 아닙니다. 이렇게 말씀드리면 자랑같이 들릴지 모르지만, 저는 늘 길을 나설 때는 열네댓 명의 시중을 거느리고 갈아탈 말 한 필도 데리고 다니는 신분입니다. 저로 말씀드리자면 오슈奧州[2]의 아오바青葉 성의 주인이신 다테 마사무네伊達政宗 공의 신하인 이시모다 게키石母田外記라고 합니다."

이시모다는 자신의 뜻대로 무사시를 데리고 온천 거리로 들어가 숙소를 정하고는 물었다.

"온천욕은 하셨는지요?"

그러고는 무사시가 대답도 하기 전에 다시 저 혼자 대답했다.

"그렇군. 귀공께선 벌써 노천탕에서 들어갔다 오셨지요? 그럼 잠깐 실례하겠습니다."

그는 이내 여장을 푼 뒤 수건을 들고 방을 나갔다. 재미있는 사내인 듯했지만 무사시는 왜 그토록 자신을 쫓아와서는 저리 친근하게 대하는지 그 연유를 아직 알 수가 없었다.

"손님께서도 옷을 갈아입으시지요."

여관집 여자가 오더니 솜을 넣은 잠옷을 내밀었다.

"나는 필요 없소. 묵고 갈지 그냥 떠날지 아직은 모르니까."

---

2 지금의 후쿠시마福島, 미야기宮城, 이와데岩手, 아오모리青森의 네 현에 해당하는 지역의 옛 지명.

"아, 잘 알겠습니다."

무사시는 열려 있는 툇마루로 나가서 수심에 잠겨 날이 저문 호숫가를 바라보았다.

"어떻게 되었을까?"

오츠를 걱정하며 서 있는 그의 뒤에서 문득 불빛이 비치더니 여관집 하녀가 상을 들고 오는 소리가 들렸다. 난간 너머의 짙은 쪽빛 잔물결이 어느새 어둠에 잠겨 캄캄해졌다.

"이거, 전혀 엉뚱한 곳으로 오고 말았군. 오츠를 납치한 자가 이런 번화한 마을로 올 리 없을 텐데."

그런 생각을 하자 귓가에 구해 달라고 소리치는 오츠의 목소리가 들리는 듯했다. 모든 게 하늘의 뜻이라고 체념하고 있으면서도 무사시는 초조한 마음을 가눌 수가 없었다.

"이거 정말 실례했습니다."

이윽고 돌아온 이시모다는 그렇게 말하며 무사시에게 밥상 앞에 앉기를 권하다가 아직도 옷을 갈아입지 않은 그를 보고 말했다.

"귀공께서도 어서 옷을 갈아입으시지요."

무사시는 완고하게 사양하며 자신은 늘 길 위에서 생활하는 터라 잠을 잘 때나 길을 갈 때나 지금 이 모습이 편하다고 대답했다. 이시모다는 자신의 무릎을 치며 감탄한 듯 말했다.

"바로 그것입니다! 제 주군이신 마사무네 님의 마음가짐 역시 그렇습니다. 분명 그럴 분이라고 생각했지만 역시……."

그는 등불에 비친 무사시의 옆얼굴을 구멍이 뚫릴 정도로 넋을 잃고 바라보다가 곧 정신을 차리고 말했다.

"자, 이렇게 만난 것을 축하하는 의미에서."

그가 밤새 즐겨보자는 듯 은근한 눈빛으로 술잔을 건네자 무사시는 손을 무릎 위에 놓은 채 가볍게 답례만 하더니 처음으로 물었다.

"이시모다 님, 이렇듯 제게 호의를 베푸는 연유가 무엇인지요? 떠돌이 낭인인 저를 쫓아 와서 이렇듯 친절히 대하는 이유 말입니다."

무사시의 질문을 받은 이시모다는 비로소 자신의 일방적인 행동을 깨달은 듯했다.

"특별한 뜻이 있는 것은 아니지만, 의아하게 생각하시는 것도 지당합니다. 굳이 물어보신다면 반했다고 해야 할까요?"

그리고 다시 덧붙였다.

"하하하, 남자가 남자에게 반한 것입니다."

이시모다는 그것으로 충분히 자신의 마음을 설명했다고 생각하는 듯했지만 무사시는 그것으로는 부족했다. 남자가 남자에게 반할 수도 있는 일이었다. 하지만 무사시는 아직 반할 만한 남자를 만난 적이 없었다. 반할 만한 사람을 굳이 꼽자면 다쿠안은 너무 무서운 듯했고, 고에쓰는 사는 세상이 너무나 달랐으며 야규 세키슈사이는 너무 높은 경지에 있었다. 과거의 지기를 돌아보아도 반할 만한 남자는 그리 흔하지 않았다. 그런데 지금 이시모다가 자신에게 반했다고 말한 것이다. 그런 사탕발림 말을 거리낌 없이 하는 사람치고 제대로 된 사람은 없을 것이었다. 그러나 그의 강건한 풍모를 봐도 그런 경박한 사람 같지는 않았다.

"지금 반했다고 말씀하셨는데, 그게 대체 무슨 뜻인지요?"

무사시가 진지한 얼굴로 되묻자 그도 기다렸다는 듯 대답했다.

"실은 일승사 대결의 소문을 듣고 실례인 듯하지만, 오늘까지 귀공을 동경했습니다."

"그럼 그때 교토에 계셨습니까?"

"정월부터 교토로 올라가서 가서 산조三条에 있는 다데 님 댁에 묵고 있었습니다. 그 일승사의 싸움 다음 날, 평소처럼 가라스마루 미쓰히로 경의 저택을 찾았는데 거기서 귀공에 대해 이런저런 이야기를 듣게 되었습니다. 가라스마루 님은 귀공을 만난 적이 있다고 하시더군요. 그분께 연배와 내력 등을 듣고 나니 꼭 한 번 만나 뵙고 싶은 마음이 간절했습니다. 그런데 이번 고향으로 내려가는 길에 뜻밖에도 귀공이 시오지리 고갯마루에 써 놓은 팻말을 보고 이 길로 가고 있다는 것을 알게 된 것입니다."

"팻말이라니요?"

"나라이의 다이조 선생을 기다리는 연유를 나무에 써서 길가 벼랑에 세워 두지 않으셨습니까?"

"아, 그걸 보신 게로군요."

무사시는 자신이 찾아 헤매는 사람은 만나지 못하고 오히려 뜻하지 않게 아무 인연도 없는 사람이 자신을 찾아내다니, 세상일이란 참으로 알 수가 없다고 생각했다.

그러나 이 사내의 말을 듣고 보니 그의 마음을 너무나 잘 알 듯해서 오히려 과분한 마음이 들었다. 무사시에게 있어 연화왕원에서의 싸움이나 일승사에서의 혈전은 오히려 마음에 큰 상처를 남겼다. 게다가 자랑스레 생각하는 마음은 털끝만치도 없었지만 그 시합들이 세상에 널리 알려지면서 소문이 일파만파로 퍼지고 있는 듯했다.

"저는 그 시합을 부끄럽게 생각하고 있습니다."

무사시는 진심으로 부끄러워하며 동경을 받을 자격이 조금도 없다고 생각한다고 말했다. 하지만 이시모다는 무사시를 계속 칭송하며 말했다.

"그렇게 오늘 밤 저는 하룻밤의 사랑을 이루게 된 것입니다. 귀찮으시더라도 부디 한잔 받으시면서 좋은 말씀을 해 주시길 바라는 바입니다."

무사시는 마음을 열고 잔을 받았다. 그는 여느 때처럼 곧 얼굴이 빨갛게 변했다.

"설국雪國의 무사는 모두 술이 셉니다. 마사무네 공께서 강하시니, 용장 밑에 약졸이 없듯이 말입니다."

이시모다는 좀처럼 술에 취하지 않았다. 술을 나르는 여자에게 몇 번인가 등잔의 심지를 자르게 하고는 다시 말했다.

"오늘 밤은 밤새 술을 마시며 이야기를 나눕시다."

무사시도 허리를 꼿꼿이 세우고 웃음을 지으며 답했다.

"예, 그렇게 하시지요. 그런데 이시모다 님은 조금 전, 가라스마루 댁에 자주 가신다고 하셨는데 미쓰히로 경과 친하신지요?"

"친하다고 할 정도는 아니지만, 주군의 심부름으로 자주 뵈었습니다. 원래가 호방하신 분이라 어느새 허물없이 찾아뵙게 되었지요."

"저도 혼아미 고에쓰 님의 소개로 야나기마치의 오기야에서 한 번 뵌 적이 있습니다만, 공경답지 않게 성품이 쾌활하신 듯했습니다."

"쾌활? 그렇게밖에 느끼지 못하셨습니까?"

이시모다는 적이 못마땅하다는 듯 말했다.

"그분과 좀 더 오래 이야기를 해 보면 그분이 품고 계신 정열과 지성도 분명 느끼셨을 텐데……."

"아무래도 장소가 청루여서 그러했나 봅니다."

"그렇군요. 그럼 그분이 세상에 대해 불평하는 모습밖에 보지 못하신 것입니다."

"그러면 그분의 진짜 모습은 어떠한지요?"

무사시가 아무렇지 않게 묻자 이시모다는 자세를 고치고 진지한 어조로 말했다.

"슬픔 속에 있습니다."

그러고는 다시 덧붙였다.

"그 슬픔은 바로 막부의 횡포에 대한 것이지요."

잔잔한 호수의 물결 소리를 타고 등불이 일렁이고 있었다.

"무사시 님, 귀공은 대체 누구를 위해 검술을 닦고 계십니까?"

그런 질문을 받은 적이 없는 무사시는 솔직하게 답했다.

"자신을 위해서입니다."

이시모다는 고개를 크게 끄덕이며 말했다.

"흠, 지당한 말입니다."

그가 다시 물었다.

"그렇다면 그 자신은 누구를 위해서입니까?"

"……."

"그것도 자신을 위해서입니까? 설마 귀공 정도의 실력을 가진 분이 편협하게 일신의 영달에 만족할 리가 없을 것입니다만……."

이야기의 발단은 그렇게 시작되었다. 아니, 오히려 이시모다가 그런 계기를 일부러 만들어서 자신의 본심을 피력했다고 하는 편이 적절할 것이다. 그의 이야기에 의하면, 지금 천하는 이에야스의 손에 넘어가서 겉으로 보기에는 사해 만민이 태평을 칭송하고 있는 것처럼 보이지만, 정말로 백성들이 행복한 세상이 아니라는 것이다. 호조北条, 아시카가足利, 오다織田, 도요토미豊臣와 같이 오랜 세월에 걸쳐 늘 핍박을 받아 온 것은 백성과 황실이었다. 황실은 그들에게 이용만 당하고 백성은 대가 없는 노력을 바쳐야 했으며, 그 둘의 사이에서 오직 무가의 번영만을 생각해 온 것이 요리토모頼朝 이후의 무가들이며, 지금의 막부 제도 역시 마찬가지였다.

그래도 노부나가는 그런 폐단을 깨닫고 천황의 궁성인 다이다이리大内裏를 조영하기도 했고 히데요시도 고요제이後陽成 천황의 행차를 청

하기도 했으며, 또한 일반 서민들을 위한 정책을 펴기도 했다. 하지만 지금의 이에야스가 펴는 정책의 본의는 어디까지나 도쿠가와 가문의 세력 팽창과 영달만을 위해 황실과 백성을 희생해서 막부의 권력을 강화하는 전횡의 시대가 아닌가 하며 앞날을 걱정하고 있었다.

"이것을 진심으로 걱정하는 분은 천하의 제후 중에서도 제 주군이신 다테 마사무네 공뿐입니다. 그리고 공경 중에서는 가라스마루 미쓰히로 경 같은 분뿐입니다."

본래 자랑하는 것은 듣기 거북한 법이지만 자신의 주군에 대한 자랑은 들어도 불쾌한 기분이 들지 않았다. 이시모다는 유난히 주군을 자랑스럽게 생각하는 듯했다. 지금 이 나라의 제후 중에서 진심으로 나라를 걱정하고 또 황실을 생각하는 사람은 오직 다테 마사무네뿐이라고 했다.

"예."

무사시는 그저 머리만 끄덕이고 있었다. 사실 그는 정치에 대한 지식이 없었다. 세키가하라 전투 이후로 천하의 판도는 일변했지만 무사시는 세상이 많이 변했다는 생각만 할 뿐이었다. 그는 히데요리의 오사카 쪽 다이묘가 지금 어떻게 움직이고 있는지, 도쿠가와 쪽의 제후가 무엇을 꾀하고 있는지, 또 그런 상황 속에서 시마즈나 다테 같은 군웅들이 어떻게 행동하고 있는지 등, 대세를 꿰뚫어 볼 안목이나 지식을 가지고 있지 못했다.

그나마 대상이 가토, 이케다, 아사노, 후쿠시마와 같은 인물에 대해서라면 무사시도 스물두 살의 청년다운 견해를 가지고 있지만 다데와 같은 인물에 대해서는 그저 막연해질 수밖에 없었다.

'표면적으로 육십여 만 석이라고는 하지만 기실은 백만 석이 넘는 미치노쿠니陸奥[3]의 대번주.'

무사시에게는 이 정도 지식밖에 없었다. 그러니 그저 고개만 끄덕이며 마사무네가 그런 인물인가 하고 듣고 있을 뿐이었다. 이시모다는 이런저런 예를 들며 말을 했다.

"제 주군이신 마사무네 님은 일 년에 두 번씩은 반드시 국내의 특산물을 거둬 고노에 가문을 통해 천황께 헌상하시는데 어떤 전란의 와중에도 그 일만은 거르시는 법이 없습니다. 이번에 제가 교토에 간 것도 그 공물을 싣고 간 것이었는데 무사히 대임을 마치고 돌아가는 길에 휴가를 얻어 혼자서 세상 구경을 하며 센다이仙台까지 왔던 것입니다."

그는 잠시 목을 축인 후 다시 말을 이었다.

"천하의 제후들 중에 자신들의 성 안에 옥좌를 마련한 방을 지은 것도 저희 아오바 성뿐일 것입니다. 궁궐을 개축할 때 나온 오래된 목재를 배로 실어 와서 지은 것이지요. 그 방은 아주 검소하게 꾸몄는데 주군은 아침저녁으로 그곳에 절을 하시며 언제라도 무가들의 전횡이 세상을 더욱 어지럽히면 조정의 명을 받들어 그들을 상대로 싸우실 뜻을 품고 계십니다."

그는 그렇게 말하고는 무슨 생각이 났는지 다시 말을 이었다.

---

3 이와키磐城, 이와시로岩代, 리쿠젠陸前, 구추陸中, 무츠陸奥 다섯 지방의 옛 이름.

"그렇지, 이런 이야기도 있습니다. 조선을 칠 때, 고니시少西, 가토加藤 등이 서로 공명을 다투며 좋지 않은 소문도 있었지만 마사무네 공의 태도는 어떠했는가 하면, 진중에서 등에 히노마루 깃발을 꽂고 싸운 것은 마사무네 공 혼자뿐이었다고 합니다. 다른 사람들이 가문의 문장도 있는데 왜 그런 깃발을 썼느냐고 묻자 내키지는 않았지만 해외에 군사를 이끌고 참전한 주군께서는 '어찌 일개 다데가의 공명을 위해 싸울 수 있겠소이까. 또 태합을 위한 것도 아닌 이 히노마루 깃발을 고향의 표식으로 생각하고 헌신할 각오'를 했기 때문이라고 답하셨다고 합니다."

무사시는 흥미진진하게 듣고 있었다. 술도 잊고 이야기에 열중하던 이시모다가 손뼉을 치며 하녀를 불렀다.

"술이 다 식었다."

무사시는 황급히 그가 술을 더 가져오라고 말하려는 것을 만류하며 말했다.

"술은 그만 됐습니다. 저는 밥을 먹었으면 합니다."

"무슨 말씀입니까? 아직……."

그는 아쉬운 듯 그렇게 중얼거리다 무사시에게 폐가 될까 급히 하녀에게 다시 말했다.

"그럼 밥을 먹도록 할까."

그는 밥을 먹으면서도 여전히 주군 자랑을 멈추지 않았다. 그중에서 무사시의 관심을 끈 것은 마사무네를 중심으로 다데 번의 사람들이 모두 '무사는 어떠해야 하는가?' 하는 무사의 본분, 즉 '무사도武士道'를 끊임없이 생각하고 수련을 하고 있다는 점이었다.

지금 세상에도 '무사도'가 존재하는가. 무사들이 흥했던 오랜 시절부터 막연하게나마 무사도는 있어 왔다. 하지만 그것은 그저 오래된 도덕처럼 여겨지고 있었고 난세가 지속되는 사이에 그 도의도 무너지고 말았다. 때문에 작금의 검을 지닌 사람들 사이에서는 예전의 그 오래된 무사도마저 찾아볼 수 없게 되었다. 지금은 전국 시대의 혼란과 더불어 그저 무사라고 하는 관념만이 팽배해져 있었다. 새로운 시대가 밀려오는데 새로운 무사도의 상은 세워지지 않고 있었다. 그래서 무사로 자처하는 이들 중에는 농부나 상인보다 못한 비열한 자들이 허다했다. 물론 그런 무장들은 제 스스로 자멸의 길을 걷고 있지만, 참된 무사도를 닦아서 나라를 부강하게 하는 근본으로 삼으려 자각하고 있는 무장은, 도요토미나 도쿠가와의 제후들 중에서 찾아봐도 극히 드물었다.

예전, 무사시가 히메지 성의 천수각 일실에서 다쿠안 때문에 삼 년 동안 유폐당해서 햇빛도 보지 못하고 서책만 보던 무렵이었다. 이케다가의 수많은 장서 중에 사본 한 권이 있었는데 거기에는 다음과 같은 표제가 달려 있었다.

후시기안不識庵 님 일용수신권日用修身券

미야모토 무사시 6_하늘天의 장

후시기안이란 말할 것도 없이 우에스기 겐신上杉謙信이었다. 서책의 내용은 겐신이 자신의 평소 수신修身을 적어서 가신들에게 보여 주는 것이었다. 그것을 읽은 무사시는 겐신의 일상생활을 잘 알게 되었고 또 당시의 에치고越後가 왜 그토록 부강했는지 그 이유를 깨달을 수 있었다. 그러나 그것을 무사도와 결부시켜 생각하지는 못했다.

그런데 이날 밤, 이시모다의 이야기를 듣고 있자니 마사무네는 겐신에게 뒤지지 않는 인물로 생각될 뿐 아니라 지금과 같은 난세 속에서 그의 번은 막부의 권력에 굴하지 않는 '무사도'를 세워서 끊임없이 갈고닦고 있다는 사실을 여기에 있는 이시모다 한 사람을 봐도 알 수 있을 듯했다.

"이거, 제 얘기만 주절주절 늘어놓고 말았습니다. 하지만 무사시 님, 어떻습니까? 센다이에 한번 들르시지 않겠습니까? 주군은 더없이 소탈한 분이셔서 무사도가 있는 무사라면 낭인이든 누구든 허물없이 만나십니다. 제가 천거해 드리겠으니 꼭 한 번 오십시오. 마침 이렇게 인연이 되었으니 괜찮으시다면 함께 가시는 게 어떻겠는지요?"

그는 상을 물리고도 한사코 같이 가기를 권했지만 무사시는 일단 생각해 보겠노라 대답하고 헤어졌다. 다른 방으로 와서 자리에 누워도 무사시의 머리는 맑았다.

'무사도.'

무사시는 무사도에 대해 이런저런 생각을 하다 홀연 그것을 자신의 검으로 성찰해 보다가 깨달았다.

'검술.'

검술로는 부족했다.

'검도劍道.'

검은 어디까지나 길이어야 했다.

'겐신이나 마사무네가 강조한 무사도에는 다분히 군율적인 면이 있다. 나는 그것을 인간적인 면에서 깊고 높게 규명해 가자. 작고 초라한 일개의 인간이 어떻게 하면 그 생명을 준 자연과 융합하고 조화를 이뤄 천지의 우주와 함께 호흡하고, 안심과 입명의 경지에 이를 수 있을지 없을지, 다다를 수 있는 곳까지 가 보자. 그 완성에 뜻을 두고 정진하자. 검을 도道라고 부를 수 있는 곳까지 헌신해 보는 것이다.'

무사시는 그렇게 마음속으로 결심하고 비로소 깊은 잠에 빠져 들었다.

묵계

                    무사시는 눈을 뜨자 제일 먼저 오츠와 조타로를 떠올렸다.

"어젯밤에는 실례가 많았습니다."

이시모다와 얼굴을 마주하고 조반상 앞에서 앉았다. 두 사람은 이야기를 하며 여관을 나와 나카센도를 오가는 행인들 무리와 섞여서 걸어갔다. 무사시는 무의식적으로 끊임없이 오가는 행인들의 얼굴을 살피고 있었다. 비슷한 뒷모습을 보면 혹시나 하고 유심히 살펴보았다. 그런 무사시의 모습에 이시모다가 이상하게 여겼는지 물었다.

"혹시 누구를 찾고 계시는지요?"

"예, 그렇습니다."

무사시는 간단히 사정을 이야기하고는 에도로 가는 길에 두 사람을 찾으며 가야 하니 여기서 그만 헤어지자며 어젯밤에는 감사했다는 인사를 덧붙여 말하자 이시모다는 섭섭해하며 답했다.

"모처럼 좋은 길동무를 만났는데 사정이 그러하시니 어쩔 수 없군요. 그러나 어젯밤에 말씀드린 것처럼 꼭 한 번 센다이에 와 주시길 바랍니다."

"호의에 감사드립니다. 기회가 있으면 찾아뵙도록 하겠습니다."

"다테가의 기풍을 꼭 보여드리고 싶습니다. 또 산사시구레さんさ時雨[4]도 들어보시지요. 혹 노래도 싫으시다면 마쓰시마松島의 풍경을 보시러 오셔도 좋습니다. 그럼 기다리겠습니다."

하룻밤의 벗은 그렇게 말하고 와다和田 고개 방향으로 한발 먼저 뚜벅뚜벅 걸어갔다. 어딘지 마음이 끌리는 사람이었다. 무사시는 언젠가 꼭 다테 번에 가리라 생각했다.

요즘 같은 세상에 이시모다와 같은 사람을 만나는 것은 무사시뿐만이 아니었다. 왜냐하면 당장 내일을 기약할 수 없을 만큼 천하는 폭풍 전야와 같아서 수많은 번들에서 끊임없이 인재를 구하고 있었다. 길 위에서 좋은 인재를 찾아서 주군에게 천거하는 일은 가신으로서 큰 임무 중 하나이기도 했다.

"무사님, 무사님!"

뒤에서 누가 불렀다. 와다 고개를 향하던 무사시가 다시 발길을 돌려 시모스와 길목으로 돌아가서 고슈 가도와 나카센도 갈림길에서

---

4 1589년 다테 마사무네가 아이즈会津 지방의 다이묘인 아시나蘆名를 스리아게하라摺上原 전투에서 격파한 직후에 다테 군 장병들이 만들어서 부른 민요.

망설이고 있는데, 그 모습을 본 역참의 인부들이었다. 역참의 인부들 중에는 짐꾼과 마부도 있었고 또 이곳부터 와다 고개까지는 오르막 이었기 때문에 가마꾼들도 있었다.

"왜 그러시오?"

무사시가 돌아보았다. 인부들은 무사시를 거침없이 훑어보더니 털이 수북이 난 팔을 끼고는 다가왔다.

"무사님, 아까부터 일행을 찾는 듯한데, 일행이 여자입니까? 아니면 짐을 잃어버리셨나요?"

가지고 있는 짐도 없었고 짐꾼을 고용할 생각도 없었던 무사시는 귀찮은 듯 고개를 저으며 묵묵히 걸어가다가 동쪽으로 갈지, 서쪽으로 갈지 망설이는 듯했다. 그는 모든 것이 하늘의 뜻으로 생각하고 일단 에도로 가기로 결심했었지만 역시 조타로와 오츠를 생각하자 그럴 수가 없었다.

'그래, 오늘 하루만 더 이 부근에서 찾아보자. 만일 그래도 찾지 못한다면 일단 포기하고 에도로 가자.'

무사시가 그렇게 결정했을 때 다른 인부가 그에게 말했다.

"무사님, 뭔가 찾는 것이 있으시다면 어차피 저희들은 이렇게 햇볕이나 쬐며 놀고 있으니 시켜 주십시오."

그러자 다른 자들도 일제히 떠들었다.

"돈은 많이 달라고 하지 않겠습니다."

"대체 찾고 계신 분이 여자분입니까? 노인입니까?"

그들이 그렇게 이야기하자 무사시도 상세하게 이야기를 해 주며 그들을 보지 못했는지 물어보았다.

"글쎄요."

그들은 서로 얼굴을 쳐다보더니 말했다.

"아무도 그런 사람을 본 적이 없는 듯하지만 저희들이 스와와 시오지리 세 길로 흩어져 찾으면 일도 아닐 것입니다. 유괴된 여자분이 길도 없는 곳을 넘어갔을 리 만무하고, 수소문하고 돌아다닌다고 해도 이곳 지리에 밝은 저희들이 아니면 알지 못하는 샛길도 있으니 말입니다."

"그렇겠군."

무사시는 그들의 말에 일리가 있다고 생각하며 고개를 끄덕였다. 이곳 지리에 어두운 자신이 공연히 이리저리 헤매는 것보다 이들을 이용하면 두 사람의 소식을 빨리 알 수 있을 것 같기도 했다.

"그럼 당신들이 찾아주겠소?"

무사시가 그렇게 말하자 인부들도 받아들였다.

"좋습니다."

그들은 한동안 무리를 어떻게 나눌지 시끌벅적 의논을 하다가 이윽고 대장 격인 사람이 앞으로 오더니 손을 비비며 무사시에게 말했다.

"저어, 무사님. 헤헤헤, 정말 황송합니다만 몸을 갖고 하는 장사라 저희들은 아직 아침도 먹지 못했습니다. 저녁때까지는 꼭 찾아드릴 테니 반나절의 품삯과 짚신값을 좀 주시지 않겠는지요?"

"그야 당연히 주겠소."

무사시는 가진 돈을 헤아려 보았지만 그가 요구하는 금액에는 태부족이었다. 그는 혼자였고 또 길 위에서 생활을 하고 있었기 때문에 돈의 귀중함을 몸이 시리도록 알고 있었다. 그렇지만 혼자인 그에게는 누구를 부양할 책임이 없었기 때문에 돈에 집착을 하지 않았다. 그는 절간에서 잘 수도 있었고 들에서 잘 수도 있었다. 때로는 아는 이의 도움을 받아 끼니를 해결하기도 했고 그럴 수 없으면 굶기도 했지만 그것이 괴롭고 안타까웠던 적은 한 번도 없었다. 그것이 오늘까지의 유랑 생활의 모습이었다.

돌이켜 보면 여기까지 오는 도중의 비용 일체도 오츠가 내놓은 것이었다. 오츠는 가라스마루가에서 큰돈을 받았고 그것으로 경비를 충당하면서 무사시에게도 돈을 나눠 주었다. 무사시는 그 돈 전부를 그들에게 주었다.

"이것이면 되겠나?"

그들은 돈을 서로 나누어 가지며 대답했다.

"됐습니다. 부족하지만 어쩌겠습니까? 그럼 무사님은 스와묘진諏訪明神 신사의 누각에서 기다리십시오. 저녁까지는 꼭 좋은 소식을 가지고 오겠습니다."

그들은 그렇게 말하고는 거미 새끼들처럼 사방으로 흩어졌다. 사람들이 팔방으로 흩어져 찾고 있지만, 하루 종일 아무것도 하지 않고 기다리고 있을 수만은 없었던 무사시도 다카지마高島 성의 마을부터 스와 일대를 둘러보기로 했다. 오츠와 조타로의 소식을 수소문하며 돌아다니면서 무사시는 저물어 가는 하루가 너무 안타까웠다. 그는 머릿속으로 쉴 새 없이 이 지방의 지세와 수리를 살피면서도 마음은 혹시 이름 있는 무인이 없을까 알아보기도 했지만 별다른 소득이 없었다.

해질 무렵, 인부들과 약속한 신사의 경내로 가 보았으나 누각에는 아무도 돌아와 있지 않았다.

"피곤하군."

무사시는 중얼거리면서 누각의 돌계단에 걸터앉았다. 그의 입에서 한숨처럼 그런 말이 나오는 경우는 극히 드물었다. 기다리다 다소 지루해진 무사시는 넓은 신사의 경내를 한 바퀴 돌아보았지만 여전히 인부들은 한 명도 나타나지 않았다. 어둠 속에서 무엇인가를 힘차게 발로 차는 듯한 소리가 이따금씩 들려왔는데 무사시는 그럴 때마다 정신을 가다듬고 눈을 크게 떴다. 아무래도 그 소리가 신경에 쓰인 무사시는 누각의 돌계단에서 내려와서 울창한 숲 속에 있는 오두막 안을 들여다보았다. 그 안에는 백마 한 필이 매어져 있었다. 조금 전 소리는 말이 바닥을 차는 소리였다.

"무슨 일이오?"

말에게 먹이를 주고 있던 사내가 돌아보며 무사시에게 물었다.

"내게 무슨 볼일이라도 있소?"

그는 적잖이 못마땅한 눈빛이었다. 무사시가 연유를 이야기하며 수상한 사람이 아니라고 하자 신사에서 일을 하는 사내가 갑자기 배를 잡고 웃었다. 무사시가 울컥해서 무엇이 그리 우스우냐고 묻자 사내는 더 크게 웃으며 말했다.

"참으로 어리숙하시오. 길가에서 파리 떼처럼 무리 지어 있는 그런 자들이 미리 돈을 받고 하루 종일 사람을 찾아다니겠소?"

"그럼 그것이 모두 거짓이었단 말이오?"

무사시가 캐묻자 그는 웃음을 거두고 진지한 얼굴로 말했다.

"당신은 속은 것이오. 오늘 낮부터 열 명쯤 되는 인부들이 뒷산 숲에 둘러앉아 술을 마시며 노름을 하고 있었는데 필시 그자들일 것이오."

사내는 이 부근에서 그들의 속임수에 빠져 노자를 빼앗긴 행인들의 이야기를 해 주었다.

"세상이란 그런 것이니 앞으로는 매사에 조심하는 것이 좋을 것이오."

그는 그렇게 말하고는 텅 빈 먹이통을 들고 다른 곳으로 가 버렸다. 무사시는 그 자리에 망연히 서 있었다.

"……."

자신이 너무나 어리석게 여겨졌다. 검에 있어서는 빈틈이 없다고 자부하고 있는 자신이 세상일에 있어서는 무지한 역참의 일꾼들에게 어리숙하게도 농락을 당한 것이었다.

"도리가 없구나."

무사시는 중얼거렸다. 분한 마음은 들지 않았지만 자신의 미숙함에 생긴 일이라 앞으로는 좀 더 세상사를 배워야겠다고 마음먹었다. 그가 다시 누각 쪽으로 돌아오자 누군가 그곳에 서 있었다.

"아, 무사님!"

누각 앞에서 주위를 둘러보고 서 있던 그는 무사시를 발견하자 곧 층계를 뛰어 내려왔다.

"찾고 계신 분 중 한 분의 소식을 알아내서 말씀드리러 왔습니다."

"예?"

무사시는 오히려 뜻밖이라는 표정으로 상대를 살펴보았다. 그는 분명 오늘 아침에 삯을 주었던 인부 중의 한 명이었다. 방금 오두막 안에서 속았다고 조롱을 받았던 무사시로서는 뜻밖일 수밖에 없었다. 그는 세상에 사기꾼만 있는 것은 아니라는 사실을 알게 된 것이 무엇보다 기뻤다.

"그 한 명이 조타로라는 소년인가? 아니면 오츠인가?"

"조타로라는 아이를 데리고 있는 나라이의 다이조 선생의 경로를 알아냈습니다."

"그렇군."

무사시는 그것만으로도 한결 마음이 밝아졌다.

인부는 다음과 같이 말했다. 아침에 돈을 받은 다른 인부들은 처음부터 사람을 찾을 생각은 털끝만치도 없었기 때문에 모두 투전을 하느라 정신이 없었지만, 자기만은 사정을 듣고 딱한 생각이 들어 혼자서 시오지리에서 세바洗場까지 가서 그곳의 동료들에게 수소문하고 다녔지만 오츠의 소식은 알 수가 없었다. 하지만 나라이의 다이조가 바로 오늘 오후 무렵 스와를 지나 와다 산을 넘어갔다는 얘기를 여관

집 하녀에게 들었다고 했다.

"고맙소. 수고했소이다."

무사시는 인부의 정직함과 수고에 대해 술값이라도 주려고 품속을 뒤져 보았지만 가진 돈 전부를 그들에게 주고 난 뒤라 오늘 밤 식비밖에 남아 있지 않았다.

'뭔가 주고 싶은데.'

무사시는 속으로 생각해 봤지만 몸에 지니고 있는 것 중에 값나갈 만한 것은 하나도 없었다. 그는 가죽 염낭에서 오늘 밤은 굶을 작정을 하고 남겨 두었던 몇 푼 안 되는 돈을 꺼내서 인부에게 건넸다.

"아이고, 고맙습니다."

인부는 당연히 해야 할 일을 했을 뿐인데 과분한 답례를 받게 되자 기뻐하며 이마가 땅에 닿을 정도로 인사를 하고는 돌아갔다.

이제 무사시는 무일푼이었다. 무사시는 그 돈을 받아 가는 인부의 뒷모습을 바라보고 서 있었다. 주고 싶어서 준 돈이지만 막상 수중에 돈이 한 푼도 없자 난처한 기분이 들었다. 해질녘부터 이미 공복을 느끼고 있었던 것이다.

그러나 그 돈이 정직한 사람의 손에 들어간 이상, 자신의 공복을 채워 주는 것 이상으로 더 좋은 일에 쓰일 것이 분명했다. 게다가 저 사내는 정직하게 살면 꼭 보답을 받는다는 사실을 깨닫고 내일도 다시 길 위에서 다른 길손들을 위해 열심히 일을 할 것이었다.

'그래, 이곳에서 아침을 기다리기보다 차라리 지금부터 와다 고개를 앞서 넘어갔다는 다이조 선생과 조타로를 쫓아가자. 오늘 밤 안으로 와다 고개를 넘어가면 내일은 어딘가에서 그들을 만날 수 있을 것이다.'

그렇게 생각한 무사시는 곧 스와 마을을 나섰다. 그는 오랜만에 혼자서 밤길의 정취를 느끼며 어두운 밤길을 혼자서 뚜벅뚜벅 걸어갔다. 무사시는 혼자서 밤길을 걷는 것이 좋았다. 그것은 그의 타고난 고독에서 오는 것인지도 몰랐다. 자신의 발소리를 헤아리고 하늘의 소리를 들으며 캄캄한 밤길을 묵묵히 걸어가고 있으면 모든 것을 잊을 수 있었고 즐겁기까지 했다.

번잡한 사람들 속에 있으면 그의 영혼은 왠지 더 고독해졌다. 그러나 고즈넉한 밤길을 홀로 걸어갈 때면 오히려 그의 마음은 늘 활기에 찼다. 거기에는 사람들 속에서는 겉으로 드러나지 않는 수많은 실상이 떠오르기 때문이었다. 세상 모든 것을 냉정하게 바라볼 수 있었고 자신이 자신의 모습을 멀리 떨어져서, 마치 다른 사람을 보는 것처럼 냉정하게 바라볼 수가 있었다.

"아, 불빛이 보인다."

그러나 가도 가도 끝없이 이어지는 어두운 밤길에서 문득 불빛 하나를 발견하자 무사시는 안도감을 느꼈다. 사람이 살고 있다는 불빛! 그의 마음은 사람에 대한 그리움과 연민으로 몸이 떨릴 지경이었다. 그런 자신의 모순에 대해 생각할 틈도 없이 그의 발길은 저절로 불빛을 향해 나아가고 있었다.

'모닥불을 피우고 있는 모양이니 밤이슬에 젖은 옷을 좀 말려야겠군. 배가 너무 고픈데 식은 죽이라도 있으면 좋으련만……'

벌써 한밤중이었다. 스와를 나선 것이 초저녁이었는데 오치아이落合천의 다리를 건너고부터는 줄곧 산길이었다. 고개 하나는 넘었지만 아직 눈앞에 와다에서 제일 높은 고개와 다이몬大門 고개가 밤하늘에 우뚝 서 있었다. 그 두 개의 산등성이가 서로 만나는 넓은 못 근처에서 불빛이 하나 아련히 보였다. 가까이 가자 역참의 주막 한 채가 보였다. 처마 끝에는 말의 고삐를 매어 두는 나무 말뚝이 네댓 개가 박혀 있었고, 이런 산중에 게다가 한밤중에 아직 손님이 있는지 봉당 안에서 나뭇가지가 타는 소리와 함께 사람들의 목소리가 들렸다.

'어떡하지?'

무사시는 난처한 표정으로 처마 끝에 서서 망설이고 있었다. 차라리 농부나 나무꾼의 집이라면 잠시 쉬었다 가겠다고 부탁하면서 식은 밥이라도 얻어먹을 수 있겠지만, 길손을 상대로 장사를 하는 주막에서는 차 한 잔을 마시더라도 돈을 내야만 했다. 이미 그의 수중에는 동전 한 닢도 없었다. 따뜻한 연기를 타고 흘러나오는 음식 냄새에 무사시는 한층 허기를 느꼈다. 도저히 이대로 발길을 돌릴 수가 없었다.

'사정을 이야기하고 이거라도 주고 밥값을 대신해야겠다.'

무사시는 등에 지고 있던 보따리 속에서 물건 하나를 꺼냈다.

"실례합니다."

무사시는 많은 고민 끝에 안으로 들어간 것이었지만 주막 안에서 왁

자지껄 떠들고 있던 무리들에게 그런 무사시의 모습은 당돌하게 비쳐진 듯했다.

"⋯⋯?"

모두들 깜짝 놀란 듯 입을 다물고 무사시를 수상쩍은 눈길로 응시했다. 토방 한가운데에 커다란 가마솥이 걸려 있었고 낭인인 듯한 세 명의 손님이 신발을 신은 채 땅을 얼마간 파서 만든 화로를 둘러싸고 있었다. 냄비에는 멧돼지 고기와 무가 부글부글 끓고 있었는데, 세 사람은 그것을 안주 삼아 술통과 걸상에 앉아서 술병을 화로 속에 넣고서 술잔을 돌리고 있었다. 그리고 한 노인이 등을 보인 채 절임 같은 것을 자르면서 그 손님들과 재미있는 이야기라도 하고 있었던 듯 보였다.

"뭔가?"

그들 중에서 눈이 날카로운 사내가 노인을 대신해서 물었다. 멧돼지 국 냄새와 훈훈한 온기에 젖은 무사시는 시장기를 한시도 견딜 수가 없었다. 함께 앉아 있던 사내가 또 뭐라고 말했지만 그는 대답도 하지 않고 안으로 들어가서 비어 있는 탁자에 걸터앉고서 말했다.

"주인장, 무엇이든지 좋으니 빨리 밥을 가져다주시오."

주인이 찬밥과 멧돼지 국을 가져왔다.

"밤새워 고개를 넘을 생각이십니까?"

"그렇소."

무사시는 벌써 젓가락을 들고 있었다. 그는 두 그릇째 국을 먹으면서 물었다.

"오늘 낮에 나라이의 다이조라는 사람이 소년 하나를 데리고 고개를 넘어가지 않았소이까?"

"글쎄, 잘 모르겠는데요. 도지 님이나 누가 그런 사람을 보셨습니까?"

화로에 걸려 있는 냄비 너머로 주인이 그렇게 묻자 고개를 맞대고 술을 마시며 속삭이고 있던 세 명이 소리쳤다.

"몰라!"

모두들 퉁명스럽게 머리를 저었다.

배가 든든해진 무사시는 밥그릇에 뜨거운 물을 따라서 마신 후 몸이 따뜻해지자 은근히 밥값이 걱정되기 시작했다.

'처음부터 사정 얘기를 하고 양해를 구했으면 좋았을 테지만, 다른 손님이 있는 데서 구구한 사정을 하기도 곤란해 먼저 배를 채웠으니 만약 주인이 안 된다고 하면 어떻게 할까?'

무사시는 만약 그렇게 되면 칼의 장식이라도 줘야겠다고 생각하며 주인에게 말했다.

"주인장, 정말 미안하오만 사실 돈이 없소이다. 그렇다고 해서 공짜를 바라는 것이 아니라 내가 가지고 있는 물건을 밥값 대신 주고 싶소이다만."

그러자 주인은 의외로 흔쾌히 받아들였다.

"예, 괜찮습니다. 헌데 어떤 물건인지요?"

"관음상이오."

"아니, 그런 물건을?"

"뭐, 이름 있는 장인이 만든 것이 아니라 내가 오래된 매화나무로 만든 작은 관음좌상이오. 물론 한 끼 밥값으로는 부족하겠지만 어쨌든 한번 봐 주시오."

무사시가 등에 지고 있던 보자기를 풀려고 하자 화로 맞은편에 있던 세 명의 사내들도 무사시의 손을 바라보았다.

무사시는 보자기를 무릎 위에 올려놓았다. 그것은 안피나무로 종이를 꼬아서 만든 끈에 풀을 먹인 일종의 실을 주머니처럼 엮은 것이었는데, 수행을 하는 자들은 모두 그런 주머니에 중요한 물건을 넣고 짊어지고 다녔다. 그러나 무사시의 보자기 속에는 방금 그가 말한 나무 관음상과 한 장의 속옷, 그리고 허름한 문방구밖에 들어 있지 않았다.

무사시는 주머니의 한쪽을 잡고 안에 있는 것을 쏟아 냈다. 그러자 안에서 무언가 툭 하고 바닥으로 굴러떨어졌다.

"아니?"

주인과 맞은편에서 지켜보고 있던 세 명의 입에서 나온 소리였다.

무사시는 자신의 발밑을 바라보고는 그만 아연실색하고 말았다. 그건 돈뭉치였다. 엽전과 은, 그리고 금화가 발밑에 흩어져 있었다.

'이게 무슨 돈이지?'

무사시는 알 수가 없었다. 나머지 사람들도 침을 삼키며 바닥에 흩어진 돈을 바라보고 있었다. 무사시가 다시 한 번 주머니를 털자 흩어진 돈 위로 한 장의 편지가 툭 하고 떨어졌다. 의아하게 생각하며 펼쳐 보니 그것은 이시모다가 쓴 편지였는데 '당분간 노자에 보태 쓰십시오. 게키'라는 단 한 줄밖에 쓰여 있지 않았다. 하지만 적지 않은 돈이었다. 무사시는 그 한 줄이 무엇을 뜻하는지 알 것 같았다. 그것은 이른바 다데 마사무네뿐이 아니라 여러 다이묘가 펼치고 있는 하나의 정책이었다.

훌륭한 인재를 늘 휘하에 두는 것은 어려운 일이었다. 그러나 시대의 풍운은 그러한 인재를 원하고 있었다. 세키가하라에서 낙오된 부랑자가 길가에 흘러넘치고 녹을 얻기 위해 혈안이지만, 이렇다 할 인재는 극히 드물었다. 혹시라도 그런 인재를 발견하면 몇 백 석, 몇 천 석의 비싼 녹봉을 주고 바로 자신들의 사람으로 만들었다. 막상 전쟁이 터지면 몰려드는 낭인들은 많았지만 각 번들에서는 그들이 원하는 인재를 혈안이 되어 찾고 있었던 것이다. 그리고 그런 인물을 찾으면 어떤 방법을 써서라도 반드시 도움을 주거나 묵계黙契를 맺어 두었다.

그 좋은 예가 오사카 성의 히데요리가 고토 마타베後藤又兵衛의 뒤를 봐주고 있는 것인데, 이는 천하가 다 아는 사실이었다. 오사카 성에서 구도九度 산에 은거하고 있는 사나다 유키무라真田幸村에게 얼마나 많은 금과 은을 보내고 있는지 정도는 간토關東의 이에야스도 조사해서 잘 알고 있었다. 은거하고 있는 외로운 낭인에게 그렇게 많은 생활비가 필요할 리가 없었다. 그러나 그 돈은 유키무라의 손을 통해서 다시 몇 천 명의 가난한 낭인들에게 생활비로 전해지고 있었다. 그것은 바로 전쟁이 일어날 때까지 수많은 사람들이 마을에 숨어서 놀면서 생활하고 있다는 사실을 의미하는 것이기도 했다.

일승사 대결의 소문을 듣고 뒤를 쫓아온 다데가의 가신이 무사시에게 손을 내민 것도 어쩌면 당연한 일이었다. 이 돈이 그 증거임에 틀림이 없었다.

무사시는 난처했다. 돈을 쓴다면 은혜를 입게 되는 것이었다.

'흠, 돈을 보니까 망설이는 것이다. 없는 셈 치면 없는 것과 마찬가지인 것을.'

무사시는 그렇게 생각하고 발밑에 떨어져 있는 돈을 주워서 다시 보자기에 넣고 말했다.

"주인장, 이걸 밥값으로 받아 주시오."

무사시가 자신이 판 엉성한 관음상을 앞으로 내밀자 주인은 대단히 불쾌한 표정으로 말했다.

"그럴 수는 없습니다. 거절하겠습니다."

무사시가 까닭을 물었다.

"방금 돈이 한 푼도 없다고 하기에 관음상도 좋다고 했지만 이제 보니 돈이 없기는커녕 너무 많아서 주체하지 못할 지경이 아닙니까? 그리 잘난 체하지 말고 어서 밥값을 내십시오."

아까부터 술이 다 깬 얼굴로 침을 삼키며 지켜보고 있던 세 명의 낭인들도 주인의 항변이 옳다는 듯 고개를 끄덕이고 있었다. 이럴 때, 자신의 돈이 아니라고 하는 것도 참으로 어리석은 짓이었다.

"흠, 그럼 도리가 없지."

무사시는 은자 한 닢을 꺼내 주인의 손에 건넸다.

"거슬러 드릴 돈이 없으니 잔돈으로 주십시오."

무사시는 다시 주머니를 뒤져 보았지만 은자가 제일 작은 돈이었다.

"거스름돈은 필요 없으니 찻값으로 받아 두시오."

"이거 고맙습니다."

주인은 갑자기 딴 사람이 되었다.

무사시는 그것을 복대에 두르고는 관음상을 다시 보따리에 넣은 다음 등에 짊어졌다.

"불이라도 더 쬐고 가시지요?"

주인이 장작을 화로에 더 넣으며 말했지만 무사시는 그대로 문밖으로 나섰다.

밤은 아직 깊었다. 그러나 뱃속은 든든했다. 날이 밝기 전에 이곳 와다 고개에서 다이몬 고개까지 서둘러 가야 했다. 이 부근의 고원은 낮에는 만병초와 용담, 왜솜다리가 많이 보였지만 밤에는 뿌연 연무가 땅을 덮고 있었다.

"여보시오."

주막에서 제법 멀리까지 떨어져 이십 정을 왔을 때였다.

"여보쇼, 물건을 놓고 가셨소."

조금 전에 주막에서 본 낭인들 중 한 명이 뛰어왔다.

"걸음이 빠르시군. 당신이 나간 뒤 발견했는데 이거, 당신 것이 아니오?"

그는 손 위에 은자 한 닢을 보여 주며 그것을 돌려주기 위해 여기까지 쫓아왔다고 했다. 무사시는 그 돈은 자기 것이 아니라고 했지만 사내는 고개를 저으며 무사시가 돈을 떨어뜨렸을 때 구석으로 굴러간 것이 분명하다며 돌려주려고 했다. 돈이 얼마나 있었는지 알 수가 없었던 무사시는 그럴지도 모른다고 생각할 수밖에 없었다. 그래서 고맙다는 인사를 하고 은자를 소매에 넣었지만 왠지 사내의 정직함에 별 감흥을 느끼지 못했다.

"실례지만, 당신은 무도를 누구에게 배우셨소이까?"

볼일이 끝났을 텐데도 사내는 쓸데없는 말을 하며 옆에서 함께 걸었다. 아무래도 수상했다.

"혼자 배웠소이다."

무사시는 불퉁한 말투로 말했다.

"내가 지금은 산에 틀어박혀 있지만, 예전엔 무사였소이다."

"흐음."

"아까 그 주막에 있던 사람들도 모두 똑같소. 교룡도 때를 만나지 못하면 연못 속에 머무는 것처럼 다들 이 산에서 나무꾼이 되거나 약초를 캐면서 생계를 이어가고 있소. 하지만 때가 오면 이 산에서 칼을 차고 갑옷을 두르고 나가 다이묘의 진영에 입신하여 평소의 실력을 발휘할 생각이오."

"그렇다면 오사카 편입니까, 간토 편입니까?"

"어느 쪽이든 무슨 상관이 있겠소. 중요한 건 어느 쪽이 유리한지 잘 판단하지 않으면 인생을 망치고 만다는 거요."

"하하하, 하긴 그렇겠군요."

무사시는 상대하지 않으려 했다. 큰 걸음으로 성큼성큼 걸었지만 사내도 뒤질세라 큰 걸음으로 쫓아왔다. 그리고 무엇보다 신경이 쓰인 것은 사내가 자신의 왼쪽으로만 붙어서 따라오는 것이었다. 그것은 무사라면 가장 꺼려 하는 상대가 기습적으로 칼을 뽑아서 칠 때의 자세였다. 그러나 무사시는 일부러 사내에게 왼쪽을 내주었다.

"어떻소? 괜찮다면 오늘 밤은 내 집에서 묵어가지 않겠소? 이 와다 고개 너머에는 다이몬 고개가 또 있소. 새벽녘까지 두 고개를 넘는 건 길이 낯선 사람에게는 무리요. 게다가 앞으로 길도 더 험해질 것이고."

"고맙습니다. 그럼 말씀대로 하룻밤 묵어갈까요?"

"잘 생각하셨소. 하지만 대접할 건 아무것도 없소이다."

"그저 잠만 잘 수 있으면 그걸로 족합니다. 그런데 거처는?"

"이 계곡에서 왼쪽으로 대여섯 정 정도 올라가면 있소이다."

"정말 산속 깊이 사시는군요."

"아까 말한 것처럼 때가 올 때까지 은둔하면서 약초나 캐고 사냥이나 하며 주막에서의 그 사람들과 셋이서 살고 있소."

"그러고 보니 두 분은 어디 계시는지?"

"아직도 주막에서 술을 마시고 있을 게요. 늘 거기서 술을 마시고 취하면 내가 집까지 업고 가는데, 오늘 밤은 그것도 귀찮아서 그냥 와버렸소. 참, 무사 양반. 거기 있는 벼랑을 내려가면 바로 계천인데 위험하니 조심하시오."

"저쪽으로 건넙니까?"

"그 계천에 있는 좁은 통나무 다리를 건너서 계천을 따라 왼편으로 올라가면……."

사내는 낮은 벼랑을 내려오다 말고 도중에 멈춰 섰다. 무사시는 뒤를 돌아보지 않고 통나무 다리를 건너가기 시작했다. 벼랑 중간에서 펄쩍 뛰어내린 사내가 느닷없이 무사시가 건너고 있는 통나무 다리 끝을 잡더니 번쩍 들어 올리려다가 깜짝 놀라며 소리쳤다.

"아니?"

무사시가 통나무 다리를 박차고 오르더니 물결이 치는 계천 한가운데의 바위 위에 새처럼 내려앉았던 것이다.

통나무 다리 끝이 하얀 포말을 일으키며 계천에 처박혔다. 그리고 공중으로 솟아오른 포말이 땅에 떨어지기도 전에 바위 위에 있던 무사시가 다시 날아오르더니 칼을 뽑는 손도 보이지 않을 정도로 빠른 몸놀림으로 사내를 베어 버리고 말았다.

무사시는 베어 버린 시체에는 눈길도 주지 않았다. 시체가 비틀거리는 사이에 무사시의 검은 다음 상대를 기다리고 있었다. 무사시는 독수리의 깃털처럼 머리카락이 곤두선 채 주위를 노려보고 있었다.

"……."

과연 계천의 맞은편에서 갑자기 골짜기를 뒤흔드는 탕 하는 소리가 울려 퍼졌다. 총소리였다. 무사시가 있던 자리를 뚫고 지나간 총알이 뒤에 있는 벼랑의 흙 속에 박혔다. 총알이 지나간 뒤 그 자리에 쓰러져 있던 무사시가 맞은편 못을 바라보니 반딧불 같은 **빨간 불빛**이 반짝거렸다.

이윽고 두 사람의 그림자가 조심조심 물가로 기어 오고 있었다. 방금 죽은 사내가 주막에서 술을 마시고 있다고 한 두 명이 미리 그들을 앞질러 가서 매복해 있다가 총을 쏜 것이었다. 하지만 무사시는 그 역시 예상하고 있었다. 사냥꾼이니 약초를 캔다느니 하는 말은 당연히 거짓말이었고 그들은 이 산에 있는 산적들이었다.

그러나 아까 죽은 사내가 때가 오기를 기다린다고 하는 말만은 사실이었다. 어떤 도둑이든 자신의 자손까지 도적질을 하기를 바라는 자는 한 명도 없었다. 난세를 살아가는 일시적인 방편으로 산적이나 도적이 급격하게 불어나고 있었다. 그리고 막상 전쟁이 벌어지면 그들은 일제히 창을 들고 갑옷을 입고서 군대에 들어가 무사로 다시 태어나는 것이었다.

인생유전

　　　　　　　한 명은 노끈을 입에 물고 두 번째 총알을
재고 있는 듯했고 또 한 명은 몸을 구부리고 무사시 쪽을 살피고 있었다.
맞은편 벼랑 아래에 무사시가 쓰러져 있었지만 그들은 신중을 기해 움
직였다.

"맞았나?"

화승총을 고쳐 잡은 자가 고개를 끄덕이며 말했다.

"틀림없어."

그제야 안심이 되었는지 두 명은 통나무 다리를 건너 무사시 쪽으로
건너오려고 했다. 총을 든 자가 다리의 중간 정도까지 건너오자 무사
시가 벌떡 일어섰다.

"앗!"

방아쇠에 건 손가락이 떨렸다. 탕 하는 소리가 메아리치더니 총알은

하늘 위로 날아가고 말았다. 두 사람은 허겁지겁 돌아서서 계천을 따라 도망을 치기 시작했다. 무사시가 뒤를 쫓아오자 부아가 치밀었는지 총을 들지 않은 자가 다부지게 소리치며 멈춰 섰다.

"상대는 겨우 한 놈인데 도망을 칠 수야 없지. 이 도지가 해치울 테니 이리 와서 도와라."

자신을 이름을 대며 다부지게 서 있는 모습을 보니 그가 우두머리인 듯했다.

총을 든 자는 도지의 말에 화답하며 총을 거꾸로 쥐고 무사시를 향해 달려들었다. 무사시는 그들이 본래 도적이 아니었다는 것을 깨달았다. 특히 칼을 휘두르며 달려든 자의 실력은 검술을 배운 듯했다.

하지만 두 사람은 무사시의 일격에 나가떨어지고 말았다. 총을 지닌 사내는 칼을 어깨 깊숙이 맞고 계류溪流 가장자리에 몸의 절반이 축 늘어졌다. 도지라고 불리는 우두머리는 손목에 상처를 누르며 재빨리 못에서 위쪽으로 도망쳐 올라가고 있었다. 무사시는 그의 뒤를 끝까지 쫓아갔다.

와다와 다이몬 고개의 경계인 이곳은 너도밤나무가 많아서 너도밤나무 골짜기라고 불렸다. 골짜기를 올라가자 너도밤나무 숲에 둘러싸인 집이 있었다. 그 집도 역시 너도밤나무를 자른 통나무로 지은 큰 오두막이었는데 안에서 불빛이 반짝 보였다. 집 안에서 흘러나오는 불빛이 무사시의 눈에 보인 것은 그 집의 처마 끝에 누군가 등잔불을 들고 있었기 때문이었다.

"불 꺼!"

헐레벌떡 집으로 달려든 우두머리가 그 사람 쪽으로 도망치며 소리 쳤다. 그러자 소매로 등잔불을 가리며 문밖에 서 있던 사람이 물었다.

"무슨 일이에요?"

여자의 목소리였다.

"어머, 이 피 좀 봐! 칼을 맞은 거예요? 방금 골짜기 쪽에서 총소리가 울려서 혹시나 했는데…….'

사내는 뒤에서 쫓아오는 발소리 쪽을 돌아보며 외쳤다.

"어서 빨리 불 꺼 버려. 집 안의 불도."

사내가 집 안으로 뛰어 들어가자 여자도 등잔불을 끄고 황급히 안으로 모습을 감췄다. 이윽고 무사시가 오두막 앞에 이르렀을 때에는 집 안에는 불빛도 보이지 않았고 손으로 문을 밀어도 굳게 닫혀 있었다.

무사시는 화가 나 있었다. 그것은 비열하다든가 속임수를 썼다는 사 실 때문이 아니었다. 벌레만도 못한 도적들을 그대로 두어서는 안 된 다는 이른바 공분公憤이었다.

"열어라!"

무사시가 소리쳤지만 당연히 문을 열 리가 없었다. 발로 차면 금방 이라도 부서질 듯한 덧문이었지만 만일의 경우를 생각해서 문에서 네 걸음 정도 떨어져 있었다. 손으로 문을 두드리거나 쾅쾅 발로 차는 일은 무사시가 아니더라도 조금이라도 생각이 있는 사람이면 그런 무모한 행동은 하지 않을 터였다.

"열지 않을 테냐?"

여전히 안쪽에서는 아무 기척도 없었다. 무사시는 들 수 있을 만한 바위를 찾아서 두 손으로 들어서 문을 향해 힘껏 내던졌다. 문짝의 이음새를 겨누어 던졌기 때문에 두 문짝이 안으로 쓰러졌다. 갑자기 밑에서 칼이 날아오더니 뒤를 이어 한 사내가 일어서서 안쪽으로 도망쳤다. 무사시는 달려들어 그의 목덜미를 낚아챘다.

"악, 용서해 주십시오."

나쁜 놈들이 불리하면 내뱉는 판에 박힌 말이었다. 입으로는 용서해 달라고 하면서도 넙죽 엎드려 사죄하는 것도 아니었다. 기회만 있으면 반격을 가하려는 기세였다. 무사시가 처음부터 느끼고 있었던 대로 사내는 산적 두목을 하기에는 꽤 날카로운 면이 있었다. 그의 잔재주를 모두 다 제압하며 무사시가 용서해 줄 기색도 보이지 않자 사내는 갑자기 단검을 뽑아 들고 달려들었다.

무사시가 몸을 뒤로 피하면서 옆방으로 집어 던지자 손발이 화로 위의 가마솥에 데었는지 대나무가 부러지는 소리가 나면서 화로에서 마치 화산처럼 하얀 재가 날아올랐다. 사내는 무사시가 가까이 오지 못하게 재가 뿌옇게 날리는 방 안에서 솥뚜껑과 장작, 부젓가락은 물론이고 그릇까지 닥치는 대로 집어 던졌다.

어느 정도 재가 가라앉은 후에 살펴보니 그 사내가 아니었다. 그는 이미 어디에 세차게 부딪혔는지 기둥 아래에 길게 뻗어 있었다.

"이놈, 나쁜 놈!"

손에 잡히는 대로 필사적으로 물건을 집어 던지는 사람은 그의 아내인 듯했다. 무사시는 단번에 그 여자를 제압했다. 그녀는 밑에 깔려서도 비녀를 뽑아 들고 욕을 하며 찌르려고 했다. 무사시가 발로 그녀의 손을 밟자 여자는 이를 갈면서 정신을 잃고 있는 사내를 보며 소리쳤다.

"대체 어떻게 된 거예요. 이런 애송이 같은 놈에게!"

순간 무사시는 자신도 모르게 뒤로 물러섰다.

"아니?"

그러자 여자는 벌떡 일어서서 남편의 단검을 주워 들더니 다시 무사시를 향해 달려들었다.

"아, 아주머니!"

상대가 뜻밖에 아주머니라고 부르자 여자도 깜짝 놀란 듯했다.

"엉?"

여자는 숨을 헐떡이며 상대의 얼굴을 뚫어지게 쳐다보았다.

"어? 당신은…… 어머, 다케조 님 아닌가요?"

아직까지도 무사시를 다케조라고 부르는 사람이 혼이덴 마타하치의 어머니인 오스기 외에 또 누가 있을까? 그는 자신의 이름을 허물없이 부르는 도적의 아내를 빤히 쳐다보았다.

"어머, 다케조 님. 정말 의젓한 무사가 되셨군요!"

여자는 사뭇 반갑다는 듯 말했다. 그녀는 이부키 산의 뜸쑥집, 나중에는 딸인 아케미를 데리고 교토에서 술집을 했던 오코였다.

　미야모토 무사시 6_하늘天의 장

"아니, 어떻게 이런 산속에 계십니까?"

"부끄러운 일이지만……."

"그럼 저기 쓰러져 있는 사람은 아주머니 남편입니까?"

"당신도 아는 사람일 거예요. 왜, 요시오카 도장에 있던 기엔 도지예요."

"그럼, 요시오카 일문의 기엔 도지?"

무사시는 아연실색해서 아무 말도 하지 못했다. 도장이 기울기 전에 도지는 도장을 세울 돈을 들고 오코와 함께 야반도주를 했고 그를 두고 무사의 수치이자 비열한 자라는 소문이 당시 교토에 파다하게 퍼졌다. 무사시도 그 소문을 들었다. 그런 도지의 현재 모습을 보자 비록 남의 일이지만 허무함이 밀려왔다.

"아주머니, 빨리 손을 쓰는 게 좋을 겁니다. 아주머니 남편인 줄 알았더라면 저리 심하게 다루지 않았을 텐데."

"어디 쥐구멍이라도 있으면 들어가고 싶은 심정이에요."

오코는 도지의 곁으로 가서 물을 먹이고 상처를 묶은 후에 멍한 얼굴로 무사시와의 인연을 도지에게 이야기했다.

"뭣이?"

도지는 깜짝 놀란 눈으로 무사시를 바라보며 말했다.

"그럼 당신이 바로 그 미야모토 무사시 님란 말이오? 이거 정말 면목이 없소."

그도 부끄러움을 아는지 얼굴을 들지도 못하고 사죄를 했다. 무문武

門에서 도망쳐 산적이 되어 살아가는 그의 쇠락한 인생을 생각하니 측은한 생각이 들기도 했다. 무사시의 마음에서는 더 이상 증오하는 마음을 찾을 수 없었다. 그들 부부는 귀빈이라도 맞은 듯 방을 청소하고 화로를 정돈하고 새 장작을 지피기 시작했다.

"변변치 않습니다만."

그들이 술상을 차리려고 하자 무사시가 말했다.

"조금 전 주막에서 요기를 했으니 신경 쓰지 마십시오."

"그래도 오랜만에 만났는데 제 정성이니 드세요."

오코는 화로 위에 냄비를 걸고 술병을 잡고서 권했다.

"이부키 산이 생각나는군요."

밖에서 바람이 세차게 불고 있었다. 문을 닫아도 화로의 불길은 검은 천장을 향해 활활 타올랐다.

"그보다 아케미는 그 후에 어떻게 됐는지, 혹시 무슨 소식을 듣지 못했나요?"

"에이 산에서 오쓰로 나오던 도중에 주막에서 며칠 동안 앓았는데, 같이 있던 마타하치의 물건을 들고 도망쳤다는 말을 듣기는 했습니다만……."

"그럼 그 아이도……."

오코는 아케미도 자신과 같은 처지가 된 듯 여겼는지 얼굴을 숙이고 말았다. 그녀뿐 아니라 도지도 깊이 뉘우치는 표정으로 오늘 밤의 일은 우발심에 저지른 잘못이라며 후일 다시 세상에 나갈 때는 반드시 예전의 자신이 되어 사죄를 할 테니 부디 오늘 밤 일은 너그럽게 용서해 달라고 빌었다. 산적이 다 된 그가 다시 예전의 그로 돌아간다고 해도 크게 달라질 것 같지는 않았지만 이곳을 지나는 사람들은 그나마 안전해질 것 같기도 했다.

"아주머니도 이젠 마음을 다잡고 잘 살도록 하세요."

권하는 술을 마다하지 못하던 무사시가 다소 취한 듯 이렇게 말하자 오코 역시 술에 취한 듯 말했다.

"난들 어디 좋아서 이러고 있는 건 아니에요. 교토를 떠나 에도로 가던 도중에 이 사람이 스와에서 도박에 손을 대는 바람에 가지고 있는 물건과 돈을 모두 다 잃었어요. 그래서 어쩔 수 없이 옛날처럼 약쑥 캐는 일이라도 해야겠다고 생각해서 여기서 약초를 깨서 마을에 내다 팔아서 먹고살게 된 거예요. 오늘 밤 일이 좋은 경험이 되었으니 다시는 그런 나쁜 마음은 먹지 않도록 하겠어요."

오코는 술에 취하자 예전의 요염함이 나왔다. 도대체 몇 살이나 되었을까, 그녀는 나이와는 무관한 듯했다. 고양이를 집에서 기르면 주인에게 교태를 부리지만 산에 놓아 풀어 주면 야밤에 눈에 빛을 빛내며 살아 있는 행려병자나 죽은 사람의 고기를 노리고 달려들기도 했다. 오코는 그런 고양이의 습성을 닮은 듯했다.

오코가 도지를 보며 말했다.

"다케조 님의 말을 들으니 아케미도 에도로 간 모양이에요. 우리도 세상으로 나가서 사람답게 살아요. 아케미를 잡기만 하면 무슨 장사라도 해낼 수 있을 테니 말이에요."

"응, 응."

도지는 무릎에 깍지를 끼고 건성으로 대답을 했다. 이 사내도 오코와 살면서 앞서 버림을 받았던 마타하치와 똑같이 후회를 하고 있는 것은 아닐까? 무사시는 도지가 불쌍하게 보였다. 마타하치 역시 측은하게 여겨졌다. 언젠가 자신도 오코에게 유혹을 당한 일을 떠올리고는 오싹 소름이 돋았다.

"이 소린, 비가 오는 건가요?"

무사시가 검은 천장을 쳐다보며 이렇게 묻자 오코는 술 취한 눈을 가늘게 흘기며 대답했다.

"아니에요. 바람이 세서 나뭇잎과 가지가 부러져서 지붕 위로 떨어지는 소리예요. 산속에 있자니 밤이 되면 뭔가 내리지 않는 밤이 없어요. 달이 뜨고 별이 보여도 나뭇잎이 지거나 흙이 무너지기도 하고 아니면 안개가 내리거나 폭포의 물이 떨어지거나……."

"이봐."

도지가 얼굴을 들고 말했다.

"곧 날이 샐 텐데 피곤하실 테니 자리를 펴고 그만 주무시도록 하는게 좋겠군."

"그럴까요. 다케조 님, 어두우니 조심해서 이리 오세요."

"그럼 아침까지 폐를 끼치겠습니다."

무사시는 일어나서 오코의 뒤를 따라 어두운 마루를 따라갔다. 오코가 데려간 곳은 판자로 지은 오두막으로, 계곡의 벼랑 위에 통나무로 지어져 있었다. 밤이어서 잘 보이지는 않았지만 바닥은 바로 천 길 아래로 이어지는 듯했다.

안개가 자욱이 깔리더니 폭포의 포말들이 날아왔다. 쿵 하는 소리가 울릴 때마다 판자 오두막은 배처럼 일렁였다. 오코는 옷자락을 걷고 하얀 발로 숨을 죽이며 화로가 있는 방으로 돌아왔다. 화로의 불길을 바라보며 생각에 잠겨 있던 도지가 날카로운 눈으로 오코를 보며 물었다.

"잠들었나?"

"잠든 것 같아요."

오코는 도지 옆에 무릎을 세우며 앉으며 물었다.

"어떻게 할 거예요?"

"불러와."

"정말?"

"물론이지. 저놈을 해치우면 요시오카 일문의 원수를 갚는 것이기도 하니."

"그럼 다녀올게요."

오코는 소매를 걷어 올리며 문밖으로 나갔다. 깊은 밤 깊은 산속, 바람을 가르며 달려가는 흰 발목과 바람에 날리는 머리카락이 흡사 묘족描族과도 같았다.

큰 산자락에 사는 이들은 새나 짐승만이 아니었다. 그녀가 달려간 봉우리나 못, 산전山田 여기저기에서 모여든 사람은 스무 명이 넘었다. 게다가 그들은 모두 훈련을 받은 몸놀림이었다. 땅을 스치며 날아가는 나뭇잎보다 조용히 그들은 도지의 집 앞으로 모여들었다.

"한 놈인가?"

"무사?"

"돈은 지녔나?"

그들은 서로 은밀히 속삭이며 손짓과 눈짓으로 평소 자신들이 맡고 있는 위치로 흩어졌다. 창과 철포, 장검을 든 몇 명이 무사시가 자고 있는 오두막 밖에 숨었고 나머지 절반은 오두막 옆쪽 벼랑 아래로 내려갔다. 그중에 두세 명은 벼랑 중간에서 무사시가 자고 있는 오두막 아래로 기어올라 숨어들었다.

준비는 끝났다. 골짜기에 걸쳐 있는 오두막은 바로 그들의 함정이었다. 오두막에는 멍석을 깔고 짐짓 말린 약초와 도구 들을 잔뜩 놓아두었지만 그것들은 이곳에 들어오는 사람을 안심시키기 위한 것으로 그들은 약초꾼들이 아니었다.

무사시도 오두막 안에서 자리에 눕자 기분 좋은 약초 냄새에 피곤함과 잠이 몰려왔지만, 본래 산에서 나고 자란 그로서는 이 계곡 위에 세워진 오두막이 어딘지 의심쩍은 부분이 있었다. 무사시가 태어난 미마사카의 산들에도 약초 건조장이 있었는데 약초란 본래 습기를 피해야 했다. 또 이렇게 잡목가지를 수북이 깔고 게다가 폭포의 물줄기가 튀는 곳에는 건조장을 만들지 않았다.

머리맡에 놓인 약연대藥研台 위에 녹이 슨 등잔이 있었는데 그 심지가 가늘게 떨리는 것을 보아도 어쩐지 의심쩍은 부분이 있었다. 나무로 이어 붙인 네 귀퉁이의 이음매를 꺾쇠로 연결했는데 그 꺾쇠의 구멍이 유난히 헐거워 보였다. 또 이음매와 새것인 듯한 나무껍질 부분이 한두 치씩 어긋나 있었다.

"흐음."

무사시는 얼굴에 쓴웃음을 지었다. 축축한 안개가 주위를 감싸듯 수상한 기척을 느끼며 무사시는 여전히 목침을 베고 누워 있었다.

"다케조 님, 주무세요? 벌써 자는 거예요?"

장지문 밖으로 소리 없이 다가온 오코가 속삭이듯 물었다.

오코는 무사시의 숨결을 가늠하더니 살짝 문을 열고 머리맡까지 다가왔다.

"물은 여기 둘게요."

그녀는 일부러 잠을 자고 있는 무사시에게 그렇게 말하고는 쟁반을 두고 조용히 문밖으로 나갔다. 어두운 방에서 기다리고 있던 도지가 나직이 물었다.

"됐나?"

"완전히 잠이 들었어요."

도지는 벌떡 일어나 뒤편으로 나가서 어두운 계곡을 노려보다 불이 붙은 노끈을 흔들었다. 그것이 신호였다. 동시에 벼랑 중간에서 무사시가 자고 있는 판자 오두막을 받치고 있던 기둥이 쿵 하는 소리를 울리며 천 길 낭떠러지 아래로 굴러떨어졌다.

"지금이다!"

숨을 죽이고 기다리고 있던 자들이 함성을 지르면서 일제히 계곡 아래로 달려 내려갔다. 강한 상대를 만나면 그들은 으레 이렇게 오두막을 통째로 떨어뜨린 후에 자신들이 원하는 물건을 시체에서 손쉽게 빼앗고 있었다. 그리고 다음 날에 벼랑 위에 오두막을 새로 지었다.

벼랑 밑에도 한 무리의 도적이 미리 내려가 있었다. 오두막 판자나 기둥이 산산이 흩어져 떨어지자 그들은 뼈다귀에 달려드는 개 떼처럼 몰려들어서 무사시의 시체를 찾기 시작했다.

"찾았나?"

위쪽에서 내려온 자들이 물었다.

"있어?"

그들은 함께 찾기 시작했다.

"안 보이는데!"

누군가가 소리쳤다.

"뭐?"

"시체가 없다고!"

"그럴 리가."

잠시 후, 똑같은 소리가 들렸다.

"없다!"

누구보다 초조한 도지가 소리쳤다.

"그럴 리 없다. 떨어지면서 바위에 부딪혀 튕겨 나갔을 지도 모른다. 다시 한 번 그쪽을 찾아보아라!"

그 말이 채 끝나기도 전에 그가 둘러보고 있는 계곡의 바위와 물가와 무너져 내린 풀들이 빨갛게 물들기 시작했다.

"앗!"

"저것 봐라!"

도적들이 일제히 턱을 들고 위를 쳐다봤다. 대략 칠십 척은 됨직한 벼랑 위에 있던 도지의 오두막에서 새빨간 불길이 치솟고 있었다.

"여기, 누가 이리 와요!"

목이 찢어져라 비명을 지르고 있는 것은 분명 오코였다.

"큰일 났다. 빨리 가 봐라!"

도적들은 길을 기어오르고 덩굴에 매달려 위로 올라갔다.

벼랑 위의 오두막이 바람을 타고 불길에 휩싸여 있었다. 오코는 근처에 있는 나무에 두 손이 묶인 채 불똥을 맞고 있었다. 그들은 무사시가 도대체 언제, 어떻게 빠져나갔는지 믿을 수가 없었다.

"뒤쫓아라. 우리는 사람이 많다!"

도지도 그렇게 소리치고 싶었지만 용기가 없었다. 그러나 무사시에 대해 아무것도 모르는 다른 자들이 그대로 있을 리가 없었다. 그들은 재빨리 무사시의 뒤를 쫓았다.

그러나 무사시의 모습은 어디에도 보이지 않았다. 길이 없는 샛길로 빠져나갔는지, 아니면 이번에는 나무 위에서 잠을 자고 있는지 알 수가 없었다. 그들이 우왕좌왕하는 사이에 불타고 있는 오두막을 내려다보며 와다 고개와 다이몬 고개에 밝은 아침이 찾아왔다.

에도로 가는 기녀들

　　　　　　고슈 가도에는 아직 큰 길에 걸맞은 가로 수도 제대로 심어져 있지 않았고 역참 제도도 제대로 갖춰지지 않은 상태였다. 그렇게 먼 옛날이라고 할 수 없는 에이로쿠永祿, 겐키元龜, 덴쇼天正 시대에 걸친 다케다武田, 우에스기上杉, 호조北条, 또 그 외의 교전지였던 군용 도로를 후세의 사람들이 그대로 사용하고 있었기 때문에 대로나 이면 도로도 없었다.

　　가미가타上方5 쪽에서 오는 사람들이 제일 곤란해하는 것은 객사客舍의 불편함이었다. 일례로 아침 일찍 출발할 때 도시락 하나를 주문해도 나뭇잎에 떡을 싸 주거나 밥을 떡갈나무 마른 잎으로 둘둘 말아서 내주거나 하는 후지와라藤原 시대의 원시적인 방법을 지금도 그대로

---

5 에도시대에 오사카와 교토를 비롯해서 교토에서 가까이 있는 다섯 개의 지역을 합쳐서 부른 명칭.

답습하고 있었던 것이다.

그런데 근래에 사사고笹子, 하쓰가리初狩, 이와도노岩殿 부근의 벽촌에 있는 여인숙까지 손님들로 붐비는 것을 보니 예삿일이 아닌 듯했다. 그 사람들의 대부분은 교토에서 내려오는 손님들이었다.

"이야, 오늘도 지나간다."

고보토케小佛 위에서 쉬고 있던 행인들이 자신들 뒤에서 올라온 한 무리의 사람들을 구경거리라도 되는 양 길옆에서 바라보고 있었다. 이윽고 시끌벅적 올라온 사람들을 보니 한두 명이 아니었다. 단발머리가 다섯 명, 중년과 노인, 거기에 남자들까지 합치면 모두 마흔 명 정도 되는 대가족이었다. 말 위에 나무 상자와 같은 짐을 쌓아 올리는 대가족의 가장처럼 보이는 마흔 살 가량의 사내가 외쳤다.

"짚신 때문에 물집이 생겼으면 신발을 바꿔 신고 끈으로 동여매고 걷거라. 뭐? 더 못 걷겠다고? 무슨 소리! 저 아이들을 보거라, 아이들을."

그는 앉으려고만 하는 여자들을 보며 입이 닳도록 호통을 쳤다. 길 한가운데에서 오늘도 지나간다는 소리가 끊이지 않을 만큼 교토 부근의 기녀들은 사흘이 멀다 하고 이곳을 지나갔다. 그들이 가는 곳은 물론 새로운 세상인 에도였다.

새로운 장군인 도쿠가와 히데타다德川秀忠가 에도 성에 자리를 잡은 후부터 에도의 신천지에는 급격하게 교토의 문화가 옮겨 오고 있었다. 그래서 도카이도東海道나 뱃길에는 거의 관용 운송이나 건축용 자재 운반, 다이묘와 쇼묘 들의 왕래로 가득 찼기 때문에 이런 기녀들의

미야모토 무사시 6_하늘天의 장

행렬은 불편을 감수하면서 나카센도나 고슈 가도를 선택할 수밖에 없었다.

오늘 이곳까지 온 기녀들의 주인은 후시미 사람이었는데 무슨 연유에선지 무사이면서도 유곽의 주인이 된 자였다. 눈치와 상술에 뛰어난 그는 후시미 성의 도쿠가와 가문에 줄을 놓아 에도로 이주할 수 있는 허가를 받아 내서는 자신뿐 아니라 다른 동업자들을 설득해서 기녀들을 속속 서쪽에서 동쪽으로 이주시키고 있었다. 그의 이름은 쇼지 진나이庄司甚內였다.

"자아, 쉬었다 가자."

고보토케 위에까지 오자 진나이는 적당한 곳을 찾아내고 말했다.

"조금 이르긴 하지만, 쉬는 김에 점심까지 먹도록 하자. 나오ㅍ 할멈, 여자와 아이들에게 도시락을 나눠 주게."

짐 위에서 고리 한 짝이나 되는 도시락을 내려서 마른 잎에 싼 밥을 하나씩 나눠 주자 여자들은 여기저기 흩어져서 먹기 시작했다. 여자들의 피부는 하나같이 누렇고 머리에 수건이나 천을 뒤집어썼지만 모두 뽀얗게 먼지를 뒤집어쓰고 있었다. 따뜻한 차도 없어 푸석푸석한 밥을 입맛을 다시며 먹고 있는 모습을 보고 있자니 어떤 매력도 느끼지 못할 정도였다.

"아아, 잘 먹었다."

그녀들의 부모가 그 말을 들었다면 눈물을 흘리며 통곡을 했을 것이다. 그때 나이가 다소 든 여자 두세 명이 마침 자신들의 앞을 지나가는 여행 차림의 젊은이들을 보고는 말했다.

"어머, 참 잘 생겼네."

"누군지 알아?"

그렇게 서로 소곤거리고 있자 다른 여자가 말했다.

"난 저 사람을 잘 알지. 요시오카 도장의 사람들과 종종 오곤 했던 손님이야."

가미가타에서 '간토'라고 하면 간토 사람이 미치노쿠니陸奥를 떠올리는 것보다 훨씬 멀었다.

'앞으로 어떤 곳에서 장사를 하게 될까?'

마음 한편에서 불안하게 생각하던 그녀들은 우연히 후시미에서 낯이 익은 손님이 지나간다는 말을 듣고 웅성거렸다.

"누가?"

"어디?"

그녀들은 눈을 반짝이며 바라보았다.

"큰 칼을 등에 메고 잰 체하며 걸어오는 젊은 사람들 말이야."

"아, 저 앞머리 무사?"

"그래, 그래."

"불러 봐. 이름은 뭐야?"

뜻하지 않게 고보토케 고개 위에서 자신이 이렇게 많은 여자들의 관심을 받고 있는지도 모르고 사사키 고지로는 손을 휘저으며 사람들 사이를 헤치고 지나갔다. 그러자 누군가 그의 이름을 불렀다.

미야모토 무사시 6_하늘天의 장

"사사키 님! 사사키 님!"

고지로는 설마 자기를 부르는 것인 줄은 꿈에도 생각하지 못하고 고개도 돌리지 않고 계속 걸어가고 있었다.

"앞머리 무사님!"

고지로는 괘씸하게 여기며 눈썹을 찌푸린 채로 돌아보았다.

"무례하게 누구냐?"

말의 다리 아래에 앉아 밥을 먹고 있던 쇼진 진나이가 여자들을 꾸짖으며 고지로를 바라보았다. 그런데 언젠가 요시오카 문하생들이 후시미의 가게에 왔을 때, 인사를 한 것을 기억해 내고는 벌떡 일어서서 외쳤다.

"아니, 사사키 님이 아니십니까? 어디를 가시는 길이십니까?"

"이거, 스미야角屋의 주인이 아닌가? 나는 에도로 가는 길인데 대체 자네들은 어디로 가는 길인가?"

"저희들도 후시미 가게를 정리하고 에도로 가는 길입니다."

"아니 왜 그리 오래된 가게를 떠나 아직 어떻게 될지도 모르는 에도로 가려는 건가?"

"물이 너무 탁하면 썩은 고기만 몰려들고 수초는 자라지 않는 법이지요."

"에도로 간다고 해도 성을 개축하거나 활이나 철포를 쓰는 일은 있을지 모르지만, 아직 유곽 같은 장사는 수지가 맞지 않을 터인데?"

"그렇지 않습니다. 나니와灘波6에서 갈대를 베고 터를 잡은 것은 태합님보다 기녀들 쪽이 먼저였으니까 말입니다."

"그런데 살 집이나 있나?"

"나라에서 지금 한창 집을 짓고 있는 마을 안에 요시와라라는 늪지 몇 십 정을 저희에게 내려 주셨습니다. 그래서 다른 동업자가 먼저 가서 땅을 메우고 공사를 하고 있으니 길에서 떠돌 염려는 없습니다."

"아니, 도쿠가와가에서 자네와 같은 사람에게 그렇게 많은 땅을 주셨단 말인가? 그것도 공짜로?"

"누가 갈대가 우거진 늪지를 돈을 내고 사겠습니까? 그뿐 아니라 석재나 목재도 충분히 내려 주셨습니다."

"하하하, 그렇군. 그래서 가미가타에서 이 많은 식구를 이끌고 가는 길이군."

"고지로 님도 혹 나랏일 때문에?

"아니, 난 벼슬은 바라지 않지만, 새로운 장군이 새로운 천하에 정도政道를 펴는 중심지이니 일단 견학을 하려고 가는 길이네. 뭐, 장군 가의 사범이 된다면 그것도 좋을 터이지만……."

진나이는 입을 다물고 말았다. 세상의 이면, 경기의 움직임, 다양한 군상들을 훤히 꿰뚫고 있는 그의 눈으로 봐도 고지로는 검술은 뛰어날지 모르지만, 지금과 같은 말주변으로는 어림도 없을 것이라고 생각했기 때문이었다.

6 오사카 시와 그 부근 일대의 옛 지명.

　　　　　　　　　미야모토 무사시 6_하늘天의 장

"자아, 슬슬 출발해 볼까?"

그가 고지로를 옆에 두고 일행에게 이렇게 재촉하자 여자들의 머릿수를 기억하고 있던 나오 할멈이 소리쳤다.

"엉, 여자 한 명이 모자라지 않느냐. 없는 건 대체 누구냐? 기초냐 스미조메냐? 아, 두 사람은 저기 있군. 이상하네, 대체 누구지?"

에도로 옮겨 가는 기녀들과 함께 길을 갈 마음이 없던 고지로는 먼저 걸어갔고 스미야의 대가족은 한 명의 낙오자 때문에 모두 뒤에 남아 있었다.

"방금 전까지도 있었는데."

"어떻게 된 걸까?"

"혹시 도망친 거 아니야?"

두세 명이 그렇게 말하며 여자를 찾으러 길을 되짚어 갔다. 고지로에게 작별 인사를 하고 이쪽으로 얼굴을 돌린 진나이가 노파를 향해 물었다.

"어이 할멈, 도망치다니 대체 누가 도망쳤소?"

노파는 자신에게 책임을 묻는 듯한 진나이에게 말했다.

"아케미라는 계집애입니다. 거 주인님이 기소의 길에서 만나 기녀가 되지 않겠느냐며 데리고 온 계집애요."

"아케미가 보이지 않는다고?"

"도망친 게 아닌가 하고 지금 젊은 사람들이 찾으러 갔습니다."

"그 아이라면 몸값을 주지도 않았고 그저 기녀가 돼도 좋으니 에도까지 데려다 달라고 해서 그냥 데리고 가겠다고 했던 것뿐이네. 여기까지 여비를 좀 손해 본 것뿐이니 그대로 내버려 두고 그만 출발하세."

오늘 밤에 하치오지八王子에서 머물면 내일은 에도에 들어갈 수가 있었다. 다소 밤길을 걸어도 거기까지 가려고 생각한 진나이는 일행을 재촉하며 앞장섰다. 그러자 길옆에서 그렇게 찾던 아케미가 모습을 드러냈다.

"여러분, 정말 죄송해요."

아케미는 이미 걸어가기 시작한 일행들 속에 들어오더니 함께 걸어갔다.

"어딜 갔다 온 거니?

나오 노파가 꾸짖었다.

"아무 말도 없이 샛길로 가면 안 된다. 차라리 도망친다면 모를까."

노파는 다른 사람들이 얼마나 걱정했는지 사뭇 과장을 섞어 얘기하며 힐책했다.

"하지만……."

아케미는 꾸중을 듣고 화를 내도 그저 웃기만 했다.

"아는 사람이 지나가기에 만나기 싫어서 뒤쪽에 있는 수풀 속에 급히 숨었는데, 그만 발밑이 벼랑이어서 그대로 미끄러지고 말았어요."

아케미는 미안하다고 말은 했지만 옷이 찢어지고 팔꿈치가 까져서 아프다는 얘기만 할 뿐 얼굴은 전혀 미안한 표정이 아니었다. 앞에서 걸어가던 진나이가 아케미를 불렀다.

"어이, 얘야."

"저 말씀이세요?"

"그래. 아케미라고 했지? 외우기 어려운 이름이군. 정말로 기녀가 될 마음이 있으면 좀 더 부르기 쉬운 이름으로 바꿔야 할 텐데, 넌 정말 기녀가 될 작정이냐?"

"기녀가 되는 데 무슨 각오 같은 게 필요한가요?"

"한 달쯤 일해 보고 마음에 들지 않는다고 해서 그만둘 수 없단다. 기녀가 되면 손님의 원하는 일이라면 싫어도 싫다고 할 수 없단다. 그 정도 결심을 하지 않으면 곤란하다."

"어차피 전 여자에게 생명과도 같은 소중한 것을 남자들에게 짓밟혔는걸요."

"그렇다고 해서 더 짓밟혀도 된다는 법은 없다. 에도에 도착할 때까지 잘 생각해 보거라. 도중의 용돈이나 숙박비를 내놓으라고 하지는 않을 테니까 말이다."

질투

어젯밤 다카오高雄에 있는 약왕원樂王院에 함을 든 시종과 열다섯 쯤 되어 보이는 소년을 데리고 한 노인이 찾아왔었다.

"참배는 내일 하기로 하고, 묵을 곳을 찾고 있습니다."

저녁 무렵, 노인은 약왕원의 현관에 서서 그렇게 말했다. 아침 일찍 소년을 데리고 산을 돌아본 후 정오 무렵에 돌아온 노인은 이곳에서도 우에스기, 다케다, 호조 이후에 전란으로 황폐해진 모습을 보고는 지붕이라도 수리하라며 황금 세 개를 내놓고는 곧 짚신을 신고 떠나려 했다.

약왕원의 관리는 노인이 적지 않은 황금을 내놓자 깜짝 놀라 배웅하러 나오며 물었다.

"실례지만, 존함이라도 알려 주십시오."

"명부에 쓰여 있습니다."

명부에는 '기소 온타케 산 밑 백초방白草房, 나라이 다이조'라고 적혀 있었다.

"아, 바로……."

약왕원의 관리는 소홀하게 대접했던 일을 입이 닳도록 사죄했다. 나라이의 다이조란 이름은 전국 방방곡곡의 신사나 사찰에 있는 봉납 표찰에서 흔히 볼 수 있는 이름이었다. 그는 신사나 사찰 등에 반드시 황금을 봉납하고 있었는데 그것이 취미인지, 매명買名을 위한 것인지, 아니면 신심인지는 본인 외에는 알 수가 없었다. 어쨌든 요즘 같은 세상에서는 찾아보기 힘든 기인이어서 이곳의 관리도 익히 그 이름을 들어 알고 있었던 듯했다.

그래서 급히 그를 만류하며 절의 보물이라도 구경하고 가기를 권했지만 다이조는 문을 나서며 인사를 하며 말했다.

"얼마 동안 에도에 있을 예정이니 후에 다시 들르겠습니다."

"그럼 산문까지 배웅해 드리겠습니다."

관리가 다이조를 따라 나서며 다시 물었다.

"오늘 저녁은 관청에서 묵으실 생각이신지요?"

"아닙니다. 하치오지에서 묵을 생각입니다만."

"그러시다면 염려할 게 없으실 겁니다."

"하치오지는 지금 어느 분이 다스리고 있는지요?"

"얼마 전부터 오쿠보 나가야스大久保長安 님이 다스리고 계십니다."

"아, 나라 봉행奉行에서 옮기신?"

"사도佐度의 금광 봉행도 맡고 계신다고 합니다."

"훌륭한 분이니 그럴 만도……."

해가 중천에 떠 있을 때 산을 내려간 다이조 일행은 하치오지의 번화가로 들어섰다.

"조타로, 어디서 묵을까?"

다이조가 옆에서 따라오는 조타로에게 묻자 조타로는 즉시 대답했다.

"아저씨, 절은 이미 문을 닫은 것 같은데요."

그래서 그들이 마을에서 가장 큰 듯한 여관을 골라 들어가자 여관에서 귀하게 맞아 주었다. 그런데 얼마 후 해가 지고 손님들이 몰려들 무렵이 되자 주인이 오더니 말했다.

"정말 죄송한 말씀이지만, 예상치도 않게 일행이 많은 손님들이 오셔서 여기 아래층은 시끄러울 듯하니 이 층으로 옮기시는 게 어떠신지요?"

"아, 그렇게 합시다. 손님이 많아 다행이군."

다이조는 흔쾌히 승낙하고 이 층으로 올라갔다. 그런데 그들이 나간 후 바로 그곳에 들어온 것은 바로 스미야의 기녀들이었다.

"이런, 하필 이런 곳에 묵게 되었구나."

다이조는 이 층으로 와서는 이렇게 푸념을 하고 사람을 불렀지만 아무리 기다려도 밥상조차 들여오지 않았다. 그리고 드디어 밥상을 들여왔나 했더니 이번에는 아무리 기다려도 아무도 상을 치우러 들어

미야모토 무사시 6_하늘天의 장

오지 않았다. 게다가 아래층이나 이 층에서 쿵쾅거리며 돌아다니는 발소리가 끊이질 않았다. 화도 났지만 분명 일하는 사람도 정신이 없는 듯해서 화를 낼 수도 없었다.

다이조는 치우지도 않은 어수선한 방 안에서 팔베개를 하고 누워 있다가 무슨 생각이 들었는지 고개를 들더니 시종을 불렀다.

"스케이치助市."

그러나 아무도 들어오지 않자 급히 일어나 앉더니 조타로를 불렀다.

"조타로, 조타로!"

그런데 조타로도 어딜 갔는지 보이지 않았다. 방에서 나가 보니 안뜰이 내려다보이는 이 층의 마루 난간에 마치 꽃구경이라도 하는 것처럼 이 층의 손님들이 늘어서서 일 층의 방들을 보며 웅성거리고 있었다. 조타로도 그들 속에서 아래를 내려다보고 있었다.

"이놈."

다이조가 조타로를 붙잡아 와서 호통을 치듯 물었다.

"대체 뭘 보고 있는 게냐?"

조타로는 방 안에서도 손에서 놓지 않는 목검을 바닥에 놓으며 짐짓 말했다.

"모두들 보고 있는데요, 뭘."

"그러니까 모두 뭘 보고 있느냐 이 말이다."

다이조도 다소 흥미를 느끼며 되물었다.

"뭐긴요, 아래층 안쪽에 있는 여자들을 보고 있어요."

"그뿐이냐?"

"그뿐이에요."

"그게 뭐가 그리 재미있느냐?"

"저도 몰라요."

조타로는 어깨를 으쓱했다.

다이조가 안절부절 하지 못하는 원인은 하인들의 발소리나 아래층에 있는 스미야의 기녀들보다 오히려 그것을 이 층에서 내다보고 있는 이 층 손님들의 소란 때문이었다.

"나는 잠시 마을을 돌아보고 올 테니 되도록 방을 비우지 말도록 하거라."

"마을에 갈 거면 저도 같이 데려가 주세요."

"밤이라 안 된다."

"왜요?"

"늘 말한 것처럼 내가 밤에 나가는 것은 놀러 가는 것이 아니니라."

"그럼 뭐죠?"

"신심信心이다."

"신심은 낮에 많이 했잖아요? 부처님이나 절간도 밤에는 주무실 거예요."

"불당에 참배하는 것만이 신심이 아니다. 다른 일도 있고."

다이조는 그렇게 말하고 다시 조타로에게 일렀다.

"그 함에서 내 두타대頭陀袋를 꺼내야 하는데 열 수 있겠느냐?"

"아니요."

"스케이치가 열쇠를 가지고 있을 게다. 스케이치는 어딜 갔느냐?"

"아까 아래로 내려갔어요."

"그 녀석도?"

다이조는 끌끌 혀를 차며 재촉했다.

"빨리 불러오너라."

다이조는 그렇게 말하고 허리끈을 고쳐 매기 시작했다. 마흔 명이 넘는 일행이었다. 여관의 아래층은 스미야의 기녀들로 가득 차 있었다. 남자들은 앞쪽에 있는 방에, 여자들은 안뜰 맞은편 방에 있었다. 번잡하다 못해 이만저만 소란스럽지 않았다.

"내일은 더 이상 못 걷겠어."

무릎을 갈아서 화끈거리는 발바닥에 칠하는 여자들도 있었다. 어떤 여자는 낡은 샤미센을 빌려 와 연주하는가 하면 피부가 푸르스름한 여자는 벌써 벽을 향해 이불을 뒤집어쓰고 잠이 들었다.

"맛있어 보인다. 나도 좀 줘."

먹을 것을 갖고 싸우기도 하고 또 행등을 바라보며 가미가타에 두고 온 사랑하는 남자에게 편지를 쓰는 여자도 있었다.

"내일이면 에도에 닿을까?"

"글쎄, 물어보니 아직 십 리가 넘게 남았다는데?"

"밤인데 이러고 있는 시간이 너무 아까워."

"어머, 주인아저씨 생각하는 거야?"

"따분해서 그렇지. 아, 머리가 가려워, 비녀 좀 빌려 줘."

교토의 기녀들이라는 얘기를 들은 스케이치는 목욕탕에서 나온 후에 물기를 닦는 것도 잊은 채 안뜰 너머에서 마냥 넋을 잃고 바라보고 있었다. 그때 뒤에서 누군가 그의 귀를 잡아끌었다.

"그만 정신을 차려."

"아야!"

스케이치가 뒤를 돌아보았다.

"뭐야, 조타로 이 녀석."

"스케이치, 부르셔."

"누가?"

"네 주인이."

"거짓말."

"거짓말 아냐. 또 나가신대. 아저씬 일 년 내내 걷기만 하는군."

"그래?"

조타로도 스케이치를 따라 뛰어가려고 하는데 정원수 뒤편에서 누군가 조타로를 불렀다.

"조타로? 조타로 아니니?"

조타로는 깜짝 놀라 뒤를 돌아보았다.

모든 것을 잊어버린 듯했지만 조타로의 마음 한구석에는 끊임없이 헤어진 무사시와 오츠를 생각하고 있었다. 방금 자신을 부른 건 젊은 여자의 목소리였다. 조타로는 혹시, 하고 가슴이 뛰었다. 가만히 소리가 난 쪽을 살피며 물었다.

"누구?"

조타로가 가만가만 다가갔다.

"나야."

나무 뒤편에 있던 하얀 얼굴이 나뭇가지를 헤치며 조타로 앞으로 나왔다.

"뭐야."

조타로가 실망한 듯 그렇게 외치자 아케미는 혀를 차며 말했다.

"오랜만에 보는데, '뭐야'라니."

아케미는 반가운 마음이 가신 것처럼 얄밉다는 듯 조타로의 등을 찰싹 때리며 말했다.

"정말 오랜만이다. 근데 네가 왜 이런 곳에 있는 거니?"

"누나야말로 어떻게 된 거야?"

"난 요모기에 있던 양어머니와 헤어지고 뭐, 여러 사정이 있어서."

"저기 기녀들과 일행이야?"

"응, 하지만 아직 고민 중이야."

"뭘?"

"기생이 될까 관둘까."

아케미는 조타로 외에는 그런 하소연을 할 사람이 아무도 없었다.

"조타로, 무사시 님은 어떻게 지내셔?"

그제야 무사시에 대해 물었지만 처음부터 아케미가 묻고 싶은 것은 그것뿐인 듯했다. 그녀가 무사시의 소식을 묻자 조타로는 오히려 자신이 알고 싶다는 듯 말했다.

"난 몰라."

"네가 왜 몰라?"

"오츠 님도 스승님과도 중간에서 헤어지고 말았어."

"오츠 님은 누구냐?"

아케미는 조타로의 말에 관심을 보이더니 뭔가 기억이 난 듯 중얼거렸다.

"아, 그렇구나. 그 여자는 아직도 무사시 님의 뒤를 쫓아다니는 모양이지?"

아케미가 항상 상상하고 있는 무사시는 행운유수의 수행자였다. 그래서 자신이 아무리 다가가려 해도 닿을 수 없는 심경이 들었다. 그와 동시에 자신의 쇠락한 처지를 생각하면 어차피 맺어질 수 없는 사랑이라는 마음이 들어 포기할 수밖에 없었던 것이다. 하지만 그런 무사시의 곁에 다른 여자가 있다는 것을 상상하면 아케미는 도저히 그대로 포기할 수가 없었다.

"조타로, 여긴 다른 사람들의 눈도 있고 하니 밖으로 나가지 않을래?"

"마을로?"

그렇지 않아도 밖으로 나가지 못해 안달을 하던 조타로가 그 말을 듣고 싫다고 할 리가 없었다.

두 사람은 여관의 뒷문을 열고 초저녁 거리로 나섰다. 이십오숙二十五

宿이라고 불리는 하치오지의 거리는 지금까지 보았던 어느 곳보다 번화해 보였다. 지치부秩父나 고슈 경계의 산 그림자가 마을의 북서쪽을 둘러싸고 있었지만, 이곳은 술 냄새와 베틀이 돌아가는 소리, 사람들이 외치는 소리와 예인들이 연주하는 쓸쓸한 음악에 휩싸여 흥청거리고 있었다.

"오츠라는 여자에 대해선 마타하치 님에게 자주 들었는데 대체 어떤 사람이야?"

아케미는 그것이 몹시 마음에 쓰이는 듯했다. 무사시에 대한 일은 일단 접어 두고라도 그녀는 오츠라는 여자에게 질투심과 같은 초조함이 들기 시작했다.

"좋은 사람이야."

조타로가 그렇게 말하고 다시 덧붙였다.

"착하고 이해심도 있고 게다가 예쁘고. 난 오츠 님이 너무 좋아!"

조타로의 말을 들은 아케미의 가슴속에는 한층 두려움이 일었다. 그러나 그런 감정을 느껴도 여자들은 절대로 얼굴에 드러내지 않기 마련이었다. 아케미는 반대로 생긋 웃었다.

"그렇구나. 그렇게 좋은 사람이구나."

"응, 그리고 뭐든지 잘해. 노래도 잘 부르고 글씨도 잘 쓰고 피리도 잘 불어."

"여자가 피리를 아무리 잘 불어봤자 아무 소용도 없지 않아?"

"그래도 야마토의 야규 님과 다른 사람들 모두 오츠 님을 칭찬했어.

하지만 한 가지, 내가 보기엔 나쁜 점이 있긴 하지만."

"여자는 누구나 나쁜 점들이 많이 있어. 단지 그것을 나처럼 있는 그대로 밖으로 표현하느냐, 아니면 얌전한 체하며 잘 감추느냐 하는 차이밖에 없는 거야."

"그렇지 않아. 오츠 님의 나쁜 점은 단 하나밖에 없어."

"그게 뭐지?"

"걸핏하면 우는 거야. 울보라고."

"운다고? 아니 왜 그렇게 울지?"

"스승님을 생각하기만 하면 울어 버려. 같이 있는데 울기 시작하면 나도 울적해져서 난 그게 싫어."

상대의 얼굴색을 보고 말을 하면 될 것을 조타로는 아케미는 전혀 개의치 않았다. 더욱이 아케미가 질투심으로 불타오르는 것도 알아채지 못하고 있었다. 그녀는 눈동자에서도, 피부에서도 감추지 못한 질투의 빛을 드러내며 거듭 물어보고 싶어 했다

"오츠 님은 대체 몇 살이야?"

조타로는 두 사람을 비교하듯 아케미의 얼굴을 바라보며 말했다.

"비슷할 거야."

"나하고?"

"하지만 오츠 님이 더 예쁘고 어려 보여."

그 정도로 얘기를 끝냈으면 좋았을 것을 아케미가 다시 물었다.

"무사시 님은 다른 사람과 달라서 그런 울보는 싫어할걸? 맞아 분명

그 오츠라는 여자는 울음으로 남자의 마음을 끌려고 하는 스미야의 기녀들 같은 사람이 분명해."

아케미는 어떻게 해서든 조타로만이라도 오츠를 곱게 보지 않도록 하기 위해 노력했지만 결과는 정반대였다.

"그렇지 않아. 스승님도 겉으로는 내색을 하지 않지만 사실은 오츠 님을 좋아해."

아케미의 표정이 예사롭지 않았다. 길옆에 강이라도 있으면 뛰어들고 싶을 정도로 가슴속에서 화가 치밀어 올랐다. 상대가 아이가 아니었더라면 화를 내며 소리라도 지르겠지만 그럴 수도 없었다.

"조타로, 이리로 와."

갑자기 아케미가 네거리에서 빨간 등불을 보고 조타로를 잡아끌었다.

"어? 거긴 술집이잖아?"

"응."

"여자가…… 그만둬."

"갑자기 뭔가 마시고 싶어졌어. 나 혼자 들어가기 이상하니까."

"나도 마찬가지야."

"조타로는 뭐든 먹고 싶은 걸 먹으면 되잖아."

안을 엿보니 다행히 손님들은 없는 듯했다. 아케미는 강물에 뛰어들기보다 그것이 낫다고 생각했는지 무작정 안으로 들어갔다.

"여기 술 좀 주세요."

아케미는 술이 나오자 이내 술을 마셨다. 조타로가 걱정하며 말리기 시작했을 때에는 너무 늦었다.

"시끄러워! 남이야!"

아케미는 팔을 휘저으며 소리쳤다.

"여기 술, 술 더 주세요."

아케미는 그렇게 말하고는 불처럼 달아오른 얼굴을 숙이더니 숨쉬기도 괴로운 듯했다.

"아니에요. 술은 됐어요."

조타로가 중간에서 말렸다.

"괜찮아. 어차피 넌 오츠 님이 더 좋잖아. 나는 울면서 남자의 동정을 사는 그런 여자가 제일 싫어."

"난 술 마시는 여자가 제일 싫어."

"미안하군. 술이라도 마시지 않으면 견딜 수 없는 내 마음을 너 같은 꼬마는 알지 못할 거야."

"빨리 술값 내고 나가자."

"돈이 어디 있어?"

"돈도 없어?"

"저기 여관에 묵고 있는 스미야의 주인아저씨한테 받아다 줘. 어차피 이미 팔린 몸인데……."

"우는 거야?"

"울면 안 돼?"

"오츠 님이 울보라고 실컷 욕을 해 놓고 자기가 우는 게 어디 있어?"

"내 눈물은 그 여자의 눈물과 달라. 아아, 귀찮아. 죽어 버릴까."

아케미가 불쑥 일어나서 문밖의 어둠을 향해 뛰어가려고 하자 깜짝 놀란 조타로가 붙잡았다. 이런 여자 손님이 드문지 술집 주인은 웃고 있었지만, 문득 구석에서 잠을 자고 있던 낭인이 취한 눈을 번쩍 뜨더니 두 사람을 바라보고 있었다.

"아케미, 죽으면 안 돼."

조타로가 뒤를 쫓아갔다. 아케미는 앞에서 어둠을 향해 달려갔다. 무작정 달려가고 있는 듯 보였지만 아케미는 조타로가 뒤에서 소리치며 쫓아오고 있는 것을 알고 있었다. 아케미는 처녀의 순결을 요시오카 세이주로에게 짓밟혀서 스미요시의 바다로 뛰어들었을 때에는 정말로 죽을 생각이었다. 하지만 지금의 아케미는 그때와 같은 분함은 있어도 그때의 순수함은 이미 사라진 지 오래였다.

'죽긴 왜 죽어!'

그렇게 속으로 외치며 아무런 이유도 없이, 그저 조타로가 뒤에서 쫓아오는 것이 재미있고 속을 태우는 것이 우스웠다.

"앗, 위험해."

조타로가 외쳤다. 그녀의 앞에 해자의 물 같은 것이 어둠 속에서 보였기 때문이었다. 주춤거리는 아케미를 조타로가 뒤에서 붙잡았다.

"아케미, 그만둬. 죽으면 아무 소용이 없어."

"너나 무사시 님이나 모두 날 나쁘게 생각하잖아. 나는 가슴에 무사시 님을 간직하고 죽을 거야. 또 그런 여자에게 빼앗길 수 없어."

"왜 그래? 대체 무슨 말이야?"

"자, 어서 날 저 안으로 밀어 버려. 응, 조타로."

아케미는 양손으로 얼굴을 가리며 엉엉 울기 시작했다. 조타로는 그 모습을 보고 두려움에 휩싸여 자신도 울고 싶어졌다.

"자, 그만 돌아가자."

"아아, 보고 싶어. 조타로, 찾아 줘. 무사시 님을."

"그쪽으로 가면 안 돼."

"무사시 님!"

"위험하다니까."

그때, 두 사람이 술집을 나섰을 때부터 바로 뒤따라온 낭인이 좁은 해자를 둘러싸고 있는 저택 모퉁이에서 슬금슬금 다가왔다.

"어이, 꼬마야. 이 여자는 내가 나중에 보내 줄 테니 넌 먼저 가거라."

낭인이 갑자기 아케미를 자신의 옆구리 쪽으로 잡아끌더니 조타로를 밀었다.

키가 큰 서른네댓 되는 사내였다. 눈매가 날카롭고 수염을 자른 곳이 푸르스름했다. 간토 풍이랄까, 에도에 가까워질수록 흔히 볼 수 있는 옷을 입고 있었고 큰 칼을 차고 있었다. 아래턱에서 오른쪽 귀까지 칼에 베인 오래된 상처가 나 있었다.

'예사 놈이 아닌 것 같다.'

조타로가 마른침을 삼키고 있는데 아케미를 데리고 가려고 하는 낭인이 소리쳤다.

미야모토 무사시 6_하늘天의 장

"봐라, 여자가 간신히 진정되어 이렇게 기분 좋게 내 팔 안에서 가만
히 있질 않느냐. 내가 데리고 가겠다."

"아저씨, 안 돼요."

"그만 돌아가."

"……?"

"가지 않을 테냐?"

조타로는 낭인이 손을 뻗어 자신의 옷깃을 붙잡자 힘을 주며 버텼다.

"무, 무슨 짓이에요."

"이놈, 구정물 맛 좀 봐야 돌아가겠느냐?"

"왜 이래요."

조타로는 허리를 뒤틀며 허리에 찬 목검을 빼서 재빨리 낭인의 옆구
리를 후려치고는 공중제비를 돌았다.

불행인지 다행인지 조타로는 도랑으로 떨어지지는 않았지만 어디
돌부리에 부딪혔는지 끙끙 신음 소리를 내더니 움직이지 않았다.

"애, 꼬마야."

"손님."

"꼬마야……."

누군가 부르는 소리에 눈을 뜬 조타로는 자신을 둘러싸고 있는 사람
들의 모습을 눈을 껌뻑이며 둘러보았다.

"정신이 들었느냐?"

사람들이 묻자 조타로는 멋쩍은 듯 목검을 들고는 서둘러 자리를

떴다.

"애야, 너와 같이 나간 여자는 어떻게 됐느냐?"

여관 사람이 급히 조타로의 팔을 잡으며 물었다. 조타로는 그제야
그 사람들이 스미야와 여관의 하인들이고 아케미를 찾으러 온 것이
라는 사실을 깨달았다.

"너와 스미야의 여자가 낭인에게 잡혀 욕을 보고 있다고 누군가 알
려 줬는데, 여자가 어디로 끌려갔는지 넌 알고 있느냐?"

조타로는 고개를 저으며 말했다.

"몰라요. 난 아무것도 몰라요."

"네가 모르면 누가 알겠느냐."

"어딘지 모르지만 저쪽으로 끌고 갔어요. 그것밖에 몰라요."

조타로는 대충 얼버무렸다. 괜히 일에 말려들어서 나중에 다이조에
게 꾸중을 들을 일이 두려웠고, 또 낭인에게 내동댕이쳐져서 기절했
던 일을 사람들 앞에서 말하기 창피했다.

"어디냐? 그자가 도망친 쪽이?"

"저쪽요."

조타로가 아무 방향이나 가리키자 사람들이 그쪽으로 뛰어가더니
이내 여기에 있다며 소리치는 자가 있었다. 아케미는 농가의 헛간 같
은 곳에 있었다. 주위에 쌓여 있는 건초 위에 쓰러져 있던 아케미는
사람들의 발소리에 놀라 일어났는데, 머리와 옷에 온통 건초가 묻어
있었고 옷깃과 허리끈이 풀어 헤쳐져 있었다.

미야모토 무사시 6_하늘天의 장

"대체 어떻게 된 거냐?"

등불에 비친 아케미의 모습을 본 사람들은 이내 무슨 일이 벌어졌는지 직감할 수 있었다. 그러나 그것을 입에 담는 사람이나 낭인을 쫓아가려는 사람도 없었다.

"자, 그만 돌아가자."

아케미는 사람들이 내미는 손을 뿌리치고 헛간 판자벽에 얼굴을 댄 채 소리 높여 훌쩍이기 시작했다.

"술에 취한 것 같군."

"대체 왜 밖에 나와서 술을 마셔가지고."

사람들은 잠시 그녀가 우는 모습을 바라보고만 있었다. 조타로도 멀리서 그 모습을 바라보고 있었다. 그녀가 어떤 일을 당했는지 명확하게 알 수는 없었지만 문득 예전의 경험이 머릿속에 떠올랐다. 그것은 야마토의 야규에 있는 여인숙에 머물렀을 때, 그곳의 고챠라는 소녀와 마구간 짚단 속에서 서로 꼬집거나 물거나 하면서 사람들 몰래 맛보았던 경험이었다.

"그만 가자."

조타로는 금세 흥미를 잃고 뛰기 시작하더니 노래까지 부르기 시작했다.

들 한복판의
쇠로 만든 부처님

열여섯 소녀를 모르나요

길을 잃은 소녀를 모르나요

쳐 봐도 땡

물어봐도 땡

양아들

여관으로 돌아가는 길을 알고 있다고 생각
했지만 앞만 보고 달리다 보니 길을 잘못 든 듯했다.

"어, 이 길이 아닌가?"

조타로는 그제야 자신이 달려가던 길에 의심을 품고서 앞뒤를 둘러
보았다.

"올 때는 이런 곳을 지나지 않았는데."

비로소 깨달은 듯했다.

그 일대는 오래된 성채의 터를 중심으로 무가들이 있는 거리였다.
성채의 돌담은 일찍이 다른 나라에 점령된 후에 완전히 파괴되어 있
었는데 일부를 복구하여 지금은 이 지방을 다스리고 있는 오쿠보 나
가야스의 관사로 쓰고 있었다.

전국 시대 이후로 발달한 평지에 쌓은 평성平城과는 달리 극히 구식

인 토호 시대의 성채였기 때문에 성을 둘러싼 해자도 파지 않았고 성벽과 당교도 없는 그저 수풀에 덮인 넓은 산이었다.

"어, 누구지? 저런 곳에 사람이 있네?"

조타로가 서 있는 길 한쪽은 성채 아래에 둘러싸고 있는 무가의 담장이었고 다른 한쪽은 논과 습지였다. 그 논과 습지 끝으로 수풀에 덮인 험준한 산의 뒤쪽이 갑자기 솟아난 듯 우뚝 치솟아 있었다.

길도 없고 돌계단도 보이지 않는 걸로 봐서 아마 이 주변은 성채의 뒷문인 듯했다. 그런데 방금 조타로는 그 수풀 산의 절벽에서 그물을 늘어뜨리고 내려오는 사람을 보았다. 그물 끝에는 갈고리가 달려 있는 듯했다. 그는 그물의 끝 부분까지 내려오자 바위와 나무뿌리에 발을 얹었다. 그리고 그물을 흔들어 갈고리를 벗겨내고는 다시 아래쪽으로 그물을 펼치더니 조심조심 내려오고 있었다. 드디어 논과 산의 경계까지 내려온 그림자는 일단 근처 잡목 속으로 자취를 감췄다.

"뭐지?"

조타로는 자신이 마을 불빛에서 멀리 떨어진 곳에서 길을 잃고 있다는 사실조차 잊게 만들 만큼 호기심이 일었다.

"……?"

그러나 조타로가 아무리 눈을 씻고 찾아 봐도 아무것도 보이지 않았다. 그는 호기심에서라도 그곳을 떠날 수가 없었는지 길가의 나무 뒤에 몸을 바싹 숨기고 논두렁을 건너 자신이 있는 곳으로 올 것 같은 그 그림자를 기다리고 있었다. 조타로의 예감은 적중했다. 시간이 꽤 지나긴 했지만 드디어 논길에서 살금살금 이쪽으로 오는 사람이 보였다.

'뭐야, 장작 도둑인가?'

남의 산에서 장작을 훔치는 토민들은 밤을 이용해서 위험한 벼랑을 넘기도 했는데 조타로는 그런 생각이 들자 괜히 기다렸다고 후회했다.

그런데 다음 순간, 놀랄 만한 사실을 눈앞에 목격한 조타로는 호기심을 넘어 공포에 휩싸였다. 논두렁에서 길 위로 올라온 자는 조타로가 나무 뒤에 숨어 있는 것도 모르고 유유히 그의 앞을 지나갔다. 그리고 그 순간, 조타로는 하마터면 소리를 지를 뻔했다. 바로 다이조였던 것이다.

'아니야. 내가 잘못 본 걸 거야.'

조타로는 자신이 본 것을 부정하려고 했다. 그리고 보니 잘못 본 것도 같았다. 저편으로 뚜벅뚜벅 걸어가는 뒷모습을 보니 그는 검은 천으로 얼굴을 감싸고 검은 치마바지와 각반에 가벼운 짚신을 신고 있었다. 그리고 등에는 뭔가 무거워 보이는 보퉁이를 짊어지고 있었다. 그 튼튼해 보이는 어깨와 허리를 보더라도 도저히 쉰이 넘은 다이조라고 생각되지가 않았다.

앞에서 걸어가는 그림자는 다시 길가에서 왼쪽 언덕 방향으로 꺾어져서 걸어갔다. 조타로도 별생각 없이 그 뒤를 따라서 걸어갔다. 달리 길을 물어볼 사람도 없었던 터라 조타로도 여관으로 돌아갈 방향을 정해서 가야 했기 때문에 막연히 그 사내의 뒤를 따라가면 마을의 불빛이 보일 거라고 생각했던 것이다.

그런데 앞쪽의 사내가 옆길로 들어서자 젊어지고 있던 보퉁이 같은 물건이 무거운 듯 이정표 아래에 내려놓고 거기에 새겨진 글을 읽고 있었다.

'흐음, 이상하군. 분명 다이조 님을 닮았는데.'

조타로는 드디어 호기심이 동해서 이번에는 정말로 사내를 몰래 미행해야겠다고 마음먹었다.

사내는 이미 언덕길을 오르고 있었다. 조타로는 이정표의 글을 읽어보았다.

수총首塚 소나무

이 위쪽

"아아, 저 소나무가."

소나무는 언덕 아래에서도 올려다보였다. 조타로는 살금살금 다가가서 보니 먼저 도착한 사내는 소나무 아래에 앉아서 담배를 피우고 있었다.

"틀림없이 다이조 님이다."

조타로는 확신에 차서 중얼거렸다. 왜냐하면 이 무렵에는 이런 시골에 있는 사람이나 상인이 비싼 담배를 피울 리가 없었기 때문이었다. 담배를 전해 준 것은 남만인南蠻人이었지만, 일본에서 재배하기 시작한 후에도 너무 비싸서 가미가타 부근에서도 여간 돈이 많은 부자가 아니면 피울 수가 없었다. 가격뿐 아니라 일본인의 신체는 아직 담배에 익숙해지지 않아서 어지럼증이 들거나 해서 맛은 있었지만 마약이라고 생각하고 있었다. 그래서 오슈奥州의 제후인 다데코우伊達侯 등은 육십여만 석의 영주이자 담배를 대단히 좋아하는 애연가로 알려져 있었는데, 그의 서기가 쓴《어일상서御日常書》에 다음과 같이 적혀 있을 정도였다.

아침, 세 모금
저녁, 네 모금
잠잘 때, 한 모금

이런 것까지 조타로가 알 바 아니었지만, 그도 담배는 극히 소수의 사람만이 피울 수 있다는 사실은 알고 있었다. 또 다이조가 때를 가리지 않고 도기로 만든 파이프로 담배를 피운다는 것도 직접 눈으로 봐서 잘 알고 있었다. 평소에 다이조가 담배를 피우는 것은 그가 기소에서 제일가는 대가의 주인이어서 이상하게 생각되지 않았지만, 지금 수총의 소나무 밑에서 뻐끔뻐끔 피우고 있는 담뱃불을 보고 있자니 한없이 의구심이 들었다.

"대체 뭘 하고 있는 걸까?"

이윽고 마음을 진정시킨 조타로는 어느새 꽤 가까운 곳까지 기어가서 바라보았다. 얼마 후, 사내는 유유히 담뱃불을 끄고 자리에서 벌떡 일어서더니 쓰고 있던 검은 천을 벗었다. 얼굴이 잘 보였다. 틀림없는 다이조였다. 그는 복면으로 썼던 검은 천을 수건처럼 허리춤에 끼우더니 큰 소나무의 주위를 한 바퀴 돌더니 어디서 구했는지 한 자루의 괭이를 손에 들고 있었다.

"……?"

다이조는 괭이를 세우고 우뚝 서서 잠시 밤의 풍경을 바라보았다. 조타로는 이 언덕이 마을에 있는 숙소와 성채, 그리고 저택들이 모여 있는 택지의 경계라는 것을 깨달았다.

"흐음."

다이조는 고개를 끄덕였다. 그리고 갑자기 소나무의 북쪽에 있는 돌 하나를 들추더니 그 돌이 있던 자리를 괭이로 파기 시작했다. 일단 괭이질을 하기 시작한 다이조는 한눈을 팔지 않고 땅을 팠다. 순식간에 사람이 들어가서 설 수 있을 깊이의 구덩이가 생겼다. 다이조는 허리에 찬 검은 수건으로 땀을 닦았다.

"……?"

수풀 속 돌 뒤에 납작 엎드려 눈을 동그랗게 뜨고 바라보던 조타로는 그 사람이 틀림없는 다이조라고 믿고 있었지만, 지금까지 자신이 알던 다이조와는 어쩐지 다른 사람같이 여겨졌다.

"됐다."

구덩이 안에 들어가 머리만 내민 다이조는 그렇게 말하더니 바닥을 발로 밟아 다지기 시작했다. 자신을 파묻을 요량이면 달려가서 말려야 하지 않을까 고민하던 조타로의 걱정은 기우에 불과했다. 구덩이에서 뛰어나온 그는 소나무 밑에 놓아두었던 보퉁이처럼 보이는 무거운 물건을 구덩이 옆까지 질질 끌고 가더니 끈을 풀었다. 보자기인 줄 알았는데 그것은 가죽으로 만든 진바오리陣羽織[7]였다.

진바오리 아래에 또 한 장의 막 같은 천으로 싼 물건을 풀자 황금 뭉치가 나타났다. 두 쪽으로 자른 대나무 사이에 녹인 황금을 부어서 굳힌 세공을 하지 않은 것이 몇 개나 있었다. 그뿐이 아니었다. 그는 이번에는 허리띠를 풀고 복대와 등은 물론이고 온몸에 숨겼던 몇 십 개나 되는 금을 꺼내더니 재빨리 진바오리에 감싸서 구덩이 속으로 집어 던졌다.

그는 다시 흙을 메우더니 발로 다진 후에 다시 본래대로 돌을 그 위에 올려놓았다. 그리고 새로 덮은 흙이 눈에 띄지 않도록 마른 풀과 나뭇가지 등을 그 위에 뿌리고 나자 이번에는 평소 나라이의 다이조의 복장으로 모습을 바꿨다. 짚신과 각반같이 필요 없어진 물건을 괭이와 묶어서 사람이 들어가지 않을 수풀 속으로 집어 던진 그는 두타대를 짊어지고 신발을 갈아 신고는 중얼거렸다.

"휴우, 정말 힘들군."

다이조는 그렇게 말하더니 훌쩍 언덕 아래로 사라졌다. 조타로는 바로 황금을 파묻은 곳으로 갔다. 아무리 봐도 땅을 판 흔적은 남아 있

---

7 진중에서 갑옷 위에 입던 비단 등으로 만든 소매가 없는 겉옷.

지 않았다. 조타로는 땅을 멀거니 바라보고 있었다.

'그래, 빨리 먼저 돌아가 있지 않으면 이상하게 생각할 거야.'

마을의 불빛이 보였기 때문에 돌아가는 길은 알 수 있었다. 조타로는 다이조와 다른 길을 택해서 쏜살같이 언덕을 뛰어 내려갔다. 조타로는 아무 일도 없었던 것처럼 여관 이 층으로 올라가 자기 방으로 들어갔다. 다행히 다이조는 아직 돌아오지 않았고 스케이치가 등잔 밑의 함에 기대어 잠들어 있었다.

"스케이치, 감기 걸려요."

조타로가 일부러 흔들어 깨우자 스케이치가 눈을 비비며 일어났다.

"조타로? 주인님께 아무 말도 없이 밤늦게 어딜 쏘다니다 온 거야?"

조타로가 역성을 내며 시미치를 뗐다.

"무슨 소리야? 나는 옛날에 돌아왔잖아. 알지도 못하면서 잠꼬대는."

"거짓말. 스미야의 기생을 꼬드겨서 밖에 나갔다 왔잖아. 벌써부터 그런 짓을 하다간 큰 코 다칠 게다."

그때, 장지문을 열며 다이조가 들어왔다.

"지금 왔느니라."

해가 지기 전에 에도에 도착하려면 십이삼 리를 걸어야 하기 때문에 아침 일찍 출발해야만 했다. 스미야의 일행은 아직 날이 새기도 전에 하치오지를 떠났지만 다이조 일행은 느긋하게 아침밥을 먹고 해가 중천에 뜬 무렵에야 여관을 출발했다.

함을 진 스케이치와 조타로도 평소처럼 뒤를 따랐다. 하지만 조타로는 어젯밤 일로 다이조를 대하는 태도가 여느 때와 다를 수밖에 없었다.

"조타로."

다이조가 조타로의 침울한 표정을 보며 물었다.

"오늘은 어쩐 일이냐?"

"예?"

"무슨 일이라도 있느냐?"

"아무 일도 없습니다."

"오늘따라 유달리 말도 없고 의기소침한 듯하구나."

"다이조 님, 실은 이러고 있다가 스승님을 언제 만나게 될지 몰라서 이제 다이조 님과 그만 헤어져 따로 찾아보고 싶어요. 안 될까요?"

다이조는 무뚝뚝하게 말했다.

"안 된다."

그러자 조타로는 평소처럼 친근하게 투정을 부리려다가 급히 손을 빼면서 말했다.

"어째서요?"

"잠시 쉬도록 하자."

다이조는 그렇게 말하고 무사시노武蔵野의 풀밭에 앉더니 함을 짊어진 스케이치를 보며 먼저 가라고 손짓을 했다.

"아저씨, 난 스승님을 빨리 찾아야 해요. 그러니까 나 혼자 가는 게 좋단 말이에요."

"안 된다고 하잖느냐."

다이조는 복잡한 표정으로 파이프의 담배를 뻑뻑 빨더니 말했다.

"너는 오늘부터 내 아들이 되어야 한다."

조타로가 침을 꿀꺽 삼키고 다이조를 바라보자 그는 싱글싱글 웃고 있었다. 조타로는 그가 농담을 하는 줄 알고 대답했다.

"싫어요. 아저씨 아들이 되는 건 싫어요."

"왜?"

"아저씨는 상인이잖아요. 나는 무사가 되고 싶어요."

"나라이의 다이조도 근본을 거슬러 올라가면 상인이 아니다. 반드시 훌륭한 무사로 만들어 줄 테니 내 양자가 되어라."

아무래도 진심인 듯했다. 조타로는 떨리는 가슴을 진정시키며 물었다.

"왜 갑자기 그런 말씀을 하는 거죠?"

그러자 다이조는 갑자기 조타로의 손을 끌어당겨 꼭 껴안더니 그의 귀에 대고 작은 소리로 말했다.

"보았지?"

"예?"

"보지 않았느냐?"

"뭐, 뭘요?"

"어젯밤 내가 한 일을."

"……."

"왜 그랬느냐?"

"……."

"무엇 때문에 다른 사람을 몰래 훔쳐보았느냐?"

"미안해요. 잘못했어요. 아무에게도 말하지 않을게요."

"목소리가 너무 크다. 이미 엎질러진 일이니 야단치진 않겠다. 그 대신 내 아들이 되어라. 그것이 싫다면 불쌍하지만 죽일 수밖에 없다. 어떠냐? 어느 쪽을 선택하겠느냐?"

조타로는 다이조가 자신을 정말 죽일지도 모른다는 생각이 들자 태어나서 처음으로 느껴 보는 무서움이 전신을 감쌌다.

"잘못했어요. 죽이지 마세요. 죽기 싫어요."

사로잡힌 참새 마냥 조타로는 다이조의 팔 안에서 힘없이 버둥거렸다. 강하게 저항했다가는 이내 죽음의 손길이 자신을 덮칠 것 같은 두려움을 느꼈기 때문이었다. 하지만 다이조는 조타로가 숨이 막힐 정도로 강하게 붙잡고 있지는 않았다. 다이조는 살며시 조타로는 무릎에 세우고 말했다.

"그럼, 내 아들이 되겠느냐?"

다이조는 듬성듬성한 수염을 조타로의 뺨에 대며 말했다. 수염이 따가웠다. 오히려 그 부드러운 힘이 더 무서웠다. 그의 체취가 온몸을 사로잡는 듯했다. 왜 그런지 조타로도 알 수가 없었다. 위험한 일이라면 이보다 더 한 일도 겪었고 조타로는 앞뒤를 가리지 않는 성격이었다. 하지만 꼼짝을 할 수가 없었다. 그저 간난아이처럼 다이조의 무릎에서 도망을 칠 수가 없었다.

"어떻게 하겠느냐? 응?"

"……."

"내 아들이 되겠느냐? 죽겠느냐?"

"……."

"어서 빨리 말하거라."

조타로는 마침내 어린애처럼 울기 시작했다. 더러운 손으로 눈가를 문지르자 때에 전 시커먼 눈물이 뚝뚝 떨어졌다.

"울 일이 뭐가 있느냐? 내 아들이 되면 행복한 일이거늘. 무사가 되고 싶으면 더욱 그렇지 않느냐? 내가 반드시 훌륭한 무사로 만들어 줄 테니 말이다."

"하지만……."

"하지만 뭐냐?"

"……."

"분명히 말해 보아라."

"아저씬……."

"응."

"하지만."

"답답한 녀석이로다. 남자란 뭐든지 분명하게 자신의 생각을 말할 줄 알아야 한다."

"그런데, 아저씨의 직업은 도둑이잖아요."

만약 다이조가 가볍게 조타로를 잡고 있었다면 그 순간 조타로는 도망을 쳤겠지만, 무릎으로 꼭 끼고 있어서 움직일 수도 없었다.

"하하하."

다이조는 울고 있는 조타로의 등을 가볍게 두드리며 말했다.

"그래서 내 아들이 되는 것이 싫다고 한 것이냐?"

"예, 예에."

조타로가 고개를 끄덕이자 다이조는 어깨를 들썩이며 웃었다.

"나는 천하를 훔치는 사람일지는 모르지만, 쩨쩨하게 노상강도나 빈집이나 터는 그런 도둑과는 다르다. 이에야스나 히데요시, 노부나가도 천하를 훔친 자들이 아니냐? 나를 따라다니다 보면 곧 알게 될 것이다."

"그럼, 아저씬 도둑이 아니에요?"

"그런 수지가 맞지 않는 일은 하지 않는다. 난 그보다 훨씬 더 포부가 큰 사람이다."

조타로는 어떻게 대답해야 좋을지 이해할 수가 없었다. 다이조는 무릎 위에서 조타로를 내려놓고는 말했다.

"자, 이젠 울지 말고 길을 가자. 이제부턴 넌 내 아들이다. 대신 어젯밤의 일은 절대 다른 사람에게 얘기해선 안 된다. 만약 얘기를 했다가는 즉시 목을 비틀어 버릴 테다."

오도코다테

혼이덴 마타하치의 어머니가 에도에 온 것
은 그해 오월 말경이었다. 날씨가 제법 무더웠고 장마철이었지만 비는
한 방울도 내리지 않았다.

"이런 초원이나 갈대가 많은 습지에 왜 저리 집들을 짓는 걸까?"

에도로 와서 그녀가 제일 처음 한 말이었다. 교토의 오쓰를 떠난 지
두 달 가까이 걸려 그녀는 지금 막 도착했던 것이다. 길은 도카이도東海
道를 통해 온 듯했는데 도중에 지병과 참배 때문에 시간이 더 걸린 듯
했다.

다카나와高輪 가도에는 근래에 가로수와 이정표도 생겼다. 시오이리
汐人에서 니혼바시日本橋로 가는 길은 새로 만들어진 시가지의 간선도로
여서 걷기에 편했다. 그러나 여전히 돌이나 목재를 실은 수레가 줄기
차게 오가고, 집을 수리하거나 땅을 매립하는 데 쓸 흙도 부지런히 날

랐다. 그 때문에 비도 오지 않는 터라 뿌연 먼지가 풀풀 날렸다.

"아니, 이게 뭐야?"

오스기가 눈을 흘기며 새로 짓고 있는 민가 안을 들여다보자 안에서 웃는 소리가 들렸다. 미장이가 벽에 흙을 바르고 있었는데 흙손에 얹어 있던 흙이 날아와서 그녀의 옷에 묻었던 것이다. 오스기는 나이를 먹어도 이런 일을 참지 못하는 성격이었다. 순간, 고향에서 혼이덴가의 어른으로 대접을 받았던 자부심이 폭발했다.

"지나가는 사람한테 흙을 끼얹고 사과 한 마디 하지 않고 웃고 있는 법이 어디 있는가?"

고향의 밭에 이렇게 호통을 치면 소작인이나 마을 사람들은 당장 엎드려 빌었을 테지만 신천지 에도로 흘러들어 일을 하고 있는 미장이는 코웃음을 치며 하던 일을 계속했다.

"이상한 늙은이가 뭐라고 투덜거리는 거야?"

오스기가 마침내 화가 나서 호통을 쳤다.

"지금 웃은 건 대체 누구냐?"

"우리 다 웃었소만."

"뭐라고?"

오스기가 화를 낼수록 그들은 그저 웃기만 했다. 지나가는 사람들은 발길을 멈추고 나이를 생각해서 그만두기를 바랐지만 오스기의 성질에 그대로 물러설 리가 없었다. 오스기는 아무 말 없이 토방으로 들어가더니 미장이들이 딛고 선 판자에 손을 대며 말했다.

"네놈이렷다!"

오스기는 판자를 밀쳐 버렸다. 미장이들은 회반죽을 뒤집어쓰며 판자에서 굴러떨어졌다.

"이 망할 놈의 할망구가!"

미장이들이 벌떡 일어서서 죽일 듯이 으르렁대며 오스기 앞으로 다가섰다.

"자, 밖으로 나오너라!"

오스기는 조금도 주눅 들지 않고 허리에 찬 단검에 손을 대며 외쳤다. 오스기의 기세에 미장이들은 기가 죽고 말았다. 뭐 저런 늙은이가 다 있나, 하는 표정이었다. 겉모습이나 말하는 투를 보며 무사의 모친이라는 것을 알았는지 자칫하면 큰 봉변을 당할까 겁을 집어먹은 듯했다.

"앞으로 또 이런 무례한 짓을 하면 용서하지 않을 테다."

오스기는 그것으로 분이 풀렸는지 다시 길가로 나와서 걸어갔다. 행인들은 그런 그녀의 뒷모습을 바라보다가 각자 제 갈 길로 흩어졌다. 그런데 진흙이 묻은 발을 질질 끌며 공사장 옆에서 미장이 아이가 뛰어나왔다.

"이 할망구!"

아이는 그렇게 외치더니 갑자기 들통의 회반죽을 오스기에게 뿌리고 도망을 쳤다.

"뭐하는 짓이냐!"

뒤돌아보았을 때는 이미 회반죽을 끼얹은 아이는 사라지고 없었다. 그녀의 얼굴은 금방이라도 울 것처럼 일그러졌다.

"뭐가 그리 우스우냐?"

이번에는 웃고 있는 행인들을 향해 고함을 질렀다.

"뭐가 그리 좋아서 히죽히죽 웃는 게냐? 너희들은 늙지 않을 줄 아느냐? 너희들도 언젠가 나이를 먹을 게다. 먼 곳에서 온 늙은이를 친절하게 맞이하지는 못할망정 진흙을 끼얹고 비웃다니, 이게 에도 사람들의 예법이냐?"

오스기의 고함에 행인들의 웃음소리는 더 커졌다. 오스기는 그게 더 참을 수 없었다.

"세상이 온통 에도가 제일이라고 떠들어 대서 막상 와 보니 산을 무너뜨리고 갈대밭을 메우고 땅을 파느라 온통 먼지투성이이구만. 거기에 사람들은 천박하고 인정도 없으니 내 어디에서도 이런 곳은 본 적이 없다."

오스기는 그것으로 화가 좀 풀린 듯 여전히 웃고 있는 사람들을 그대로 두고 발걸음을 재촉했다.

마을은 어디를 둘러봐도 기둥과 벽은 모두 새것으로 눈이 부실 만큼 반짝반짝 빛났다. 공터의 아직 메우지 못한 땅에는 갈대와 억새 뿌리가 말라비틀어져 땅 위로 드러나 있고 말라붙은 소똥이 여기저기 널려 있었다.

"이게 에도인가?"

오스기는 모든 것이 못마땅하기만 했다. 신개발지인 에도에서 가장 오래된 것은 바로 자신인 것만 같았다. 실제로 이곳에서 일을 하고 있는 사람들은 모두 젊은 사람들뿐이었다. 가게를 하는 주인도 젊고, 말을 타고 다니는 관리와 삿갓을 쓰고 큰 걸음으로 지나가는 무사나 일꾼, 직공, 장사치, 병사나 장군 들까지 모두가 젊었다. 젊은 사람 천지였다.

"찾을 사람이 없는 나그네라면 이런 곳은 하루도 있을 곳이 못 되지만……."

오스기는 혼자 중얼거리면서 또 발걸음을 멈췄다. 이곳에서도 역시 땅을 파고 있어서 돌아갈 수밖에 없었다. 파낸 흙더미를 계속해서 수레로 실어 날라서 갈대밭을 메우고 그 옆에서는 목수가 집을 짓고 있었다. 또 완성된 집의 구슬발 뒤에는 얼굴에 하얀 분칠을 한 여자들이 눈썹을 그리거나 술을 팔고 있었고, 생약生藥이라는 간판이나 포목이 쌓여 있기도 했다.

이 근처에서는 이전의 치요다千代田 촌과 히비야日比谷 촌 사이를 잇는 오슈 가도의 논길을 내고 있었다. 또 에도 성 주변으로 가까워질수록 다이묘들의 저택들이 늘어선 거리도 있어서 성 밑 마을치고는 제법 조용하고 깨끗했지만 오스기는 아직 거기까지는 가 보지 않았다.

오스기는 어제오늘 새로 지어지고 있는 곳만 보고서 그것이 에도의 전부라고 생각해서인지 도무지 마음이 진정되지 않았다. 문득 땅이 파헤쳐진 다리 기슭을 보니 작은 오두막 한 채가 보였다. 거적으로 사방을 막고 입구에 발이 쳐져 있는데 작은 깃발도 하나 보였다. 자세히 보니 '목욕'이라고 쓰여 있었다.

오스기는 엽전 하나를 내고 탕에 들어갔다. 몸을 씻기 위해서가 아니라 진흙과 회반죽이 묻은 옷을 빨기 위해서였다. 오스기는 옷을 빨아서 오두막 옆에서 말리는 동안 속옷 차림으로 그 밑에 쪼그리고 앉아 길가를 바라보고 있었다. 가끔 장대에 널어놓은 옷을 손으로 만져 보았다. 햇볕이 강해서 곧 마를 줄 알았는데 좀처럼 마르지 않았다. 속옷 한 장에 홑옷을 두르고 앉아 있자니 아무리 나이 먹은 할머니라고 해도 민망한 듯 오스기는 길가의 사람들이 보이지 않도록 목욕탕 구석에 웅크리고 앉아 있었다. 그때 길 맞은편에서 소리가 들렸다.

"몇 평이나 돼? 이 땅은 싸지 않으면 흥정이 안 돼."

"전부 팔백 평인데 값은 아까 말한 데에서 더 깎을 수 없습니다."

"누굴 바보로 알고, 너무 비싸."

"천만에요. 흙을 나르는 인부들 삯이 싸잖아요. 게다가 이젠 이 근방에 집을 지을 수 있는 이런 땅은 없습니다."

"무슨 소리. 아직 땅도 메우지 않았잖아?"

"갈대가 우거져 있는데도 모두들 서로 사려고 성화고, 팔려고 내놓은 땅은 열 평도 되지 않습니다. 저기 스미다隅田 강변 근처라면 얼마든지 있지만."

"정말 땅이 팔백 평이나 되나?"

"의심되면 한번 끈으로 재 보시라니까요."

네댓 명의 상인들이 땅을 팔고 사는 흥정을 하고 있었다. 그들이 부르는 값을 길 건너편에서 듣고 있던 오스기의 눈이 동그래졌다. 시골이라면 농사를 지을 수 있는 논을 몇 십 마지기나 살 수 있는 돈인데 여기서는 고작 한두 평밖에 살 수 없었다. 에도의 상인 사이에서는 열병처럼 땅 매매가 성행하고 있었는데 이런 풍경은 어디에서나 볼 수 있었다.

'농사도 지을 수 없고 마을 안도 아닌 땅을 왜 여기 사람들은 저렇게 사려는 걸까?'

오스기는 이해할 수가 없었다. 그사이에 거래가 이루어졌는지 매립지에 서 있던 사람들은 손뼉을 치며 뿔뿔이 흩어졌다.

"엉?"

멍하니 넋을 잃고 있는 오스기의 등 뒤로 누군가 오더니 그녀의 허리춤으로 손을 집어넣었다. 오스기는 그 손을 움켜잡으며 소리쳤다.

"앗, 도둑!"

하지만 이미 허리춤에 있던 지갑을 빼낸 사내는 길가 쪽으로 줄행랑을 쳤다.

"도둑이야!"

오스기는 필사적으로 쫓아가 사나이의 허리를 잡고 늘어졌다.

"누가 도와줘요. 도둑이야!"

사내가 얼굴을 한두 대 쳤지만 오스기가 손을 놓지 않자 이번에는 발을 들어 그녀의 배를 걷어찼다.

"끈질긴 할망구!"

오스기가 여느 힘없는 노인이라고 생각한 것은 도둑의 착각이었다. 오스기는 신음 소리를 내며 쓰러지면서도 허리에 차고 있던 단검을 뽑아서 도둑의 발목을 베어 버렸다.

"으악!"

지갑을 든 도둑이 다리를 절면서 열 걸음 정도 도망치다가 피가 철철 넘치는 것을 보고는 놀랐는지 그대로 길가에 주저앉고 말았다. 방금 매립지에서 땅 거래를 마치고 시종 한 명과 함께 걸어가던 한가와라半瓦의 야지베弥次兵衛가 그것을 보고 말했다.

"엉? 저자는 얼마 전까지 방에서 빈둥거리던 고슈에서 온 자가 아니냐?"

"그런 것 같습니다. 지갑을 쥐고 있는데요?"

"도둑이라는 소리는 들었는데, 아직 나쁜 손버릇을 고치지 못했나 보군. 저쪽에 노파가 쓰러져 있다. 저자는 내가 붙잡고 있을 테니 너는 저 노파를 돌보거라."

야지베는 그렇게 말하더니 도망치려는 도둑의 목덜미를 붙잡고 마치 벼룩이라도 때려잡듯 공터 쪽으로 집어 던졌다.

"큰형님, 저놈이 노파의 지갑을 갖고 있을 텐데요?"

"지갑은 내가 빼앗았다. 노파는 어떻게 됐느냐?"

"큰 상처는 없는 듯합니다. 기절을 했다 정신이 들자 저렇게 지갑만 외치고 있습니다."

"앉아 있는데 일어서지는 못하느냐?"

"그놈에게 배를 걷어차인 듯합니다."

"나쁜 놈."

야지베는 도둑을 노려보더니 부하에게 명령했다.

"우시#, 땅에 말뚝을 박아라."

말뚝을 박으라는 말을 들은 고슈에서 온 사내는 칼을 들이댄 것보다 더 바들바들 떨며 애원했다.

"큰형님, 그것만은 제발 용서해 주십시오. 앞으로는 마음을 고쳐먹고 일을 열심히 하겠습니다."

사내는 엎드려 빌었지만 야지베는 고개를 저었다.

"안 된다. 안 돼."

그사이에 돌아온 부하는 다리를 만들고 있던 목수 두 사람을 데리고 왔다.

"여기에 박아 주시오."

공터 한가운데를 발로 가리키며 목수에게 말하자 목수는 그곳에 말뚝 하나를 박았다.

"야지베 님, 이만하면 되겠습니까?"

"됐다. 이자를 거기에 붙들어 매고 머리 위쪽에 판자 한 장을 세워라."

"뭐라고 쓸까요?"

"그렇군."

그는 목수의 먹통을 빌려 거기에 다음과 같이 썼다.

                                                    도둑 한 마리.

　　이제까지 한가와라의 방에서 밥을 먹던 자, 재차 도둑질을 하여 이렇
　　게 이레 동안 묶어 두고 벌을 주는 바이다.

                                                목수촌 야지베

　　야지베는 목수들에게 먹통을 돌려주며 고맙다고 말한 후에 다리 공
사를 하는 목수와 근처에서 일을 하고 있는 인부들에게 부탁했다.

　　"안됐지만 죽지 않을 만큼만 가끔 끼니를 던져 주게"

　　그러자 모두들 대답했다.

　　"알겠습니다. 실컷 비웃어 주겠습니다."

　　비웃어 준다는 것은 상인 사회에는 가장 가혹한 제재였다. 오랫동안
무가武家는 자신들끼리 전쟁만 벌여 온 탓에 민치民治나 형법이 무너져
서 상인 사회는 스스로 질서를 유지하기 위해 이런 사형私刑을 쓰고 있
었다. 새로운 에도의 통치 체제로써 여러 조직이 운영되고 제도가 시
행되고 있었지만 민간의 구습을 하루아침에 뜯어고칠 수는 없었다.
또 사형의 풍습 등은 나라에서도 당분간은 쓸모가 있다고 여겨 단속
을 하지 않고 있었다.

　　"우시, 노파에게 지갑을 돌려주어라."

　　야지베는 지갑을 오스기에게 돌려주고 나서 말했다.

　　"불쌍하게 이 나이에 혼자서 길을 나선 모양이군. 옷은 어떻게 된
게냐?"

"빨아서 목욕탕 옆에서 말리고 있습니다."

"옷을 들고 노파를 이리로 업고 와라."

"집으로 데리고 가시려고요?"

"그렇다. 도둑놈만 혼을 내고 노파를 저대로 내버려 두었다가는 또 어떤 자가 나쁜 마음을 가질지도 모른다."

아직 마르지 않은 옷을 들고 오스기를 등에 업은 우시가 야지베의 뒤를 따라 자리를 떠나자 길에 몰려 있던 사람들도 어느새 제 갈 길로 뿔뿔이 흩어졌다.

니혼바시日本橋가 준공된 지 채 일 년도 되지 않았다. 후대의 목판화에서 보는 것보다 강폭은 훨씬 넓었으며 양쪽 기슭에 새 석축을 쌓았는데 거기에 나무로 만든 난간도 있었다. 가마쿠라와 오다와라小田原에서 온 배가 다리 기슭까지 빼곡하게 정박해 있었다. 그 맞은편 강기슭에는 시끌벅적 장이 서 있었다.

"끄응. 아아, 아파."

우시의 등에 업힌 오스기는 얼굴을 찡그리면서도 어시장 사람들 소리에 무슨 일인가 하고 시선을 돌렸다. 야지베는 부하의 등에서 이따금 신음 소리를 내는 오스기를 돌아보며 말했다.

"이제 얼마 안 남았소. 조금만 참아요. 목숨이 위독한 것도 아니니 너무 앓는 소리는 하지 마시고."

행인들이 계속해서 바라보는 것이 신경이 쓰여 야지베가 일부러 그렇게 주의를 주자 그 후로 오스기도 우시의 등에 얼굴을 묻고 갓난아

미야모토 무사시 6_하늘天의 장

이처럼 얌전히 있었다.

대장간 거리와 창을 만드는 거리, 염색 거리와 같이 장인들의 가게가 모여 있는 마을이 나타났다. 목수촌에 있는 야지베의 집은 그중에서도 유달리 특이했는데 지붕의 절반이 기와로 된 것이 가장 눈에 띄었다. 이삼 년 전의 에도 대화재 이후, 마을의 집은 판자 지붕으로 바뀌었는데, 그 이전에는 대부분이 초가지붕이었다. 야지베의 집은 길가로 난 곳만 기와지붕이었기 때문에 '반쪽 기와'라는 뜻의 한가라와半瓦라고 부르게 되었고 자신도 그것이 마음에 들었다.

야지베는 에도에 처음 왔을 때에는 그저 낭인에 불과했지만 재기가 있고 의협심도 있는데다 사람들을 다루는 데에도 능숙했다. 그 후, 상인이 되어 지붕을 수리하는 일을 시작했는데 제후들이 공사를 할 때 인부들을 관리하거나 또 땅을 사고파는 일도 하였다. 그런 이력으로 지금은 그저 사람들을 관리하는 '감독'이라는 특수한 경칭을 얻고 있었다.

'감독'이라고 불리는 특수한 권력 외에도 지금 새로운 에도에는 다른 권력들이 많이 생겨났다. 그러나 그는 그중에서도 얼굴이 널리 알려진 '감독'이었다. 마을 사람들은 무가를 무사라고 하며 존경하는 것처럼 그들을 사내답고 의협심도 강한 남자라는 뜻의 '오도코다테男伊達'라고 경칭하며 오히려 무가들보다 그들을 자신들의 편으로 여기고 있었다. 이 오도코다테들도 에도에 오고부터는 행동이나 생각이 크게 변한 것이지만 본래 에도에서 태어나고 자란 토박이들은 아니었다.

아시카가 시대 말기의 난세에도 이바라구미茨組라는 도당이 있었지만 그들은 오도코다테라는 경칭은 얻지 못했는데, 《무로마치 도노 모노가타리室町殿物語》에 그들에 대해 묘사한 부분이 나와 있다. 그리고 당시 사람들은 그들을 보면 함부로 다가가지 않고 말을 조심하며 대단히 무서워하면서 길을 열어 줄 정도로 위세가 대단했다고 한다.

이들 이바라구미는 입으로는 왕도王道를 부르짖으면서도 때로는 '물건을 빼앗는 강도는 무사의 관습'이라 주장했다. 그들은 마을에서 싸움이 벌어지기라도 하면 닌자로 변신해서 적과 아군을 구분하지 않고 가담했기 때문에 그 후에 무가나 백성들에게 쫓겨나고 말았다. 그중에 천성이 악한 자들은 산과 들에서 노상강도가 되었고 조금이라도 재주나 기개가 있는 자는 에도라는 신천지로 와서 새롭게 발흥하는 문화에 눈을 떴다. '정의와 백성과 의협을 각각 자신들의 뼈와 살로 여기는' 신흥 오도코다테들이 된 그들은 다양한 직업과 계급 속에서 발흥하고 있는 참이었다.

"돌아왔느니라. 누구 없느냐? 손님을 모시고 왔다."

집에 들어온 야지베가 널찍한 집 안쪽을 향해 소리를 질렀다.

스미다 강가의
결투

'뜻하지 않게 오랫동안 폐를 끼쳤구나. 이
젠 그만 떠나야겠다.'

오스기는 몸이 완전히 회복되고 나서도 벌써 일 년 반이라는 시간을
한가와라에서 머물게 되었다. 하지만 떠나겠다는 말을 하려고 해도
주인인 한가와라 야지베를 좀처럼 만날 수가 없었다. 어쩌다 그를 만
나더라도 그는 이렇게 말했다.

"그리 초조해하지 말고 여유를 갖고 원수를 찾으시지요. 우리도 계
속 찾고 있으니 무사시의 거처만 알아내면 도와주겠습니다."

그러면 오스기도 떠나려던 마음을 접곤 했다. 처음에는 에도라는 곳
과 이곳의 풍속을 싫어하던 오스기도 한가와라에서 일 년 반이나 지
내는 동안 에도 사람들의 친절함과 자유분방한 생활 모습을 보고는
다시 생각하게 되었다. 그중에서도 한가와라의 집은 더 그러했다. 이

곳에서는 농부 출신의 게으른 자도 있었고, 세키가하라에서 낙오된 낭인에서 부모의 재산을 탕진하고 도망친 자, 바로 어제 감옥에서 나온 문신을 한 자도 있었지만, 그들은 모두 야지베 밑에서 계급을 나누고 '스스로를 단련하자'라는 목표 아래 도장에서 대가족처럼 생활하고 있었다.

이 협객 도장은 큰형님 밑에 형님이 있고, 그 형님 밑에는 아우가 있었는데 그 아우들 중에서도 고참과 신참의 구별이 엄격했다. 또 누가 세웠는지 동료들 사이의 예의범절도 대단히 엄격했다.

"그저 한가로이 지내기가 지루하다면 젊은 사람들을 돌봐 주면 고맙겠습니다만."

야지베가 그렇게 말한 후부터 오스기는 그들의 빨래나 바느질을 맡아서 해 주고 있었다. 도장 사람들은 오스기의 엄격한 몸가짐과 집안일을 하는 것을 보면 서로 감탄을 하곤 했다. 그들은 오스기가 도장의 기풍을 바로잡는 데 도움이 된다고 생각하고 있었다.

협객이라는 말은 건달이라는 말과도 통했다. 그것은 정강이가 다 드러나도록 긴 칼을 차고 두 자루의 칼 장식을 꾹 움켜쥐고 돌아다니는 그들의 모습을 본 마을 사람들이 붙여 준 별명이었다.

"미야모토 무사시라는 자가 나타나면 바로 할머니께 알려 드려라."

한가와라의 사람들은 모두 무사시를 찾고 있었지만 일 년 반이 되도록 그의 소식은 이곳 에도에는 들려오지 않았다.

야지베는 오스기에게 그녀의 지난 얘기를 듣고는 크게 동정을 하고 있었다. 그래서 그는 무사시에 대해 나쁜 감정을 품고 있었고 오스기를 대단하게 여기고 있었다. 그는 집의 뒤편에 있는 공터에 오스기가 머물 방 한 칸을 마련해 집에 있을 때에는 아침저녁으로 문안을 드리며 빈객을 모시듯 깍듯하게 대했다.

어느 날, 아우가 그에게 물었다.

"손님을 극진히 모시는 건 좋지만, 큰형님과 같은 분이 어찌 손수 그토록 정중하게 대하십니까?"

그러자 야지베는 이렇게 대답했다.

"근래 나는 다른 사람의 부모라도 노인을 보면 효도를 하고 싶어진다. 그러니 내가 얼마나 돌아가신 내 부모님에게 불효막심한 놈이었는지 알겠지?"

거리에 피었던 매화도 지고 에도에는 아직 벚꽃은 피지 않았지만 산 높은 벼랑 위에는 벚꽃이 드문드문 보였다. 근래 기특하게도 어느 집에서 천초사浅草寺 앞에 벚나무를 옮겨다 심었는데 아직 어린 나무였지만 올해에는 꽤 많은 꽃봉오리가 맺혀 있었다.

"할머니, 오늘은 같이 천초사에 가려 하는데 어떠신지요?"

야지베의 말에 오스기가 반색하며 말했다.

"관세음보살님께 불공을 드린 지 오래인데, 꼭 데려가 주시오."

"자, 그럼."

그는 그렇게 말하고 오스기와 함께 수양아들인 주로十郎와 고로쿠小六라는 아이에게 도시락을 들게 하고 교바시보리京橋堀에서 배를 탔다.

그런데 소년이라고 해서 귀엽고 사랑스러운가 하면 온몸에 상처투성이에다 태어나면서부터 싸움을 잘하게 생긴 청년이었는데 노를 젓는 것 또한 능숙했다. 야지베는 배가 스미다 강으로 접어들자 찬합을 열게 했다.

"사실은 오늘이 제 어머님의 기일입니다. 성묘를 가고 싶지만 고향이 워낙 멀어 천초사에라도 가서 참배를 하고, 오늘은 착한 일을 하고 싶습니다. 그러니 소풍을 나왔다 생각하고 한잔하시지요."

그는 뱃전에서 손을 내밀어 술잔에 담긴 술을 강에다 뿌린 후에 오스기에게 잔을 내밀었다.

"참으로 기특한 생각이오."

오스기는 문득 언젠가 자신에게도 닥칠 죽음에 대해 생각하자 마타하치가 떠올랐다.

"자아, 조금은 드실 수 있으시죠? 물 위이기는 하지만 저희들이 있으니 마음 놓고 드십시오."

"기일인데 술을 마셔도 괜찮겠소?"

"협객은 거짓말과 허례허식을 가장 싫어합니다. 그러니 아무 염려 마시지요."

"술을 마신 지도 오래된 듯하군. 마시더라도 이렇듯 한가로이 마신 것도 참으로 오랜만이구먼."

오스기는 몇 잔을 계속 마셨다.

스미다주구隅田宿 쪽에서 흘러오는 강은 점점 더 넓어졌다. 시모사下總

근처의 강기슭 쪽에는 숲이 울창하게 이어져 있었고 강으로 뻗은 나무뿌리 근처의 강물은 그늘이 지고 완만하게 흐르고 있었다.

"오, 꾀꼬리가 우는군."

"장마철에는 낮에 두견새 우는 소리도 들리는데, 아직은 울 때가⋯⋯."

"자, 잔을 받구려. 오늘은 이 늙은이도 공양을 잘 받았소이다."

"그렇게 기뻐해 주시니 저도 기쁩니다. 자, 술을 더 드시겠습니까?"

그때 노를 젓던 고로쿠가 부러운 듯 말했다.

"큰형님, 저희도 한잔 받고 싶습니다."

"너는 노를 잘 저어서 데려온 것이다. 술을 마시면 위험하니 돌아가서 마음껏 마시도록 해라."

"참는 게 고역입니다. 이 큰 강물이 모두 술로 보입니다."

잔말 말고 저기 그물을 치고 있는 고깃배로 가서 고기나 좀 사거라."

고로쿠가 어부에게 배를 저어 가서 흥정을 하자 무엇이든 마음대로 가져가라는 듯 잡은 고기를 넣어 둔 판자를 열어 보였다.

산골에서만 살던 오스기는 처음 보는 생선들뿐이었다. 잉어와 송어 그리고 농어, 도미에다 팔뚝만 한 새우와 메기도 있었다. 야지베는 뱅어를 그대로 간장에 찍어 먹으며 오스기에게 권했다.

"비린내가 나는 건 잘 먹지 못하오."

오스기는 고개를 저으며 몸을 부르르 떨었다.

얼마 후, 배는 스미다 강가의 서쪽에 닿았다. 뭍에 오르니 물결이 치는 강가의 숲 속에서 바로 천초관음당의 초가지붕이 보였다. 그들은 뭍으로 내렸다. 오스기는 약간 취해 있었다. 나이 탓인지 배에서 발을 내딛는데 다소 휘청거리는 것 같았다.

"위험하니 손을 잡으세요."

야지베가 손을 내밀자 오스기는 손을 내저었다.

"아니오. 괜찮소."

노인 취급을 받는 것을 원래 싫어하는 성격이었다. 주로와 고로쿠는 배를 매어 놓고 뒤따라왔다. 망망한 강가에서 눈에 보이는 건 잔돌과 물뿐이었다.

그런데 강가에서 돌을 들추고 게를 잡고 있던 듯한 아이들이 배에서 내린 그들을 보고 소리쳤다.

"아저씨, 이거 사세요."

"할머니, 이거 사 주세요."

아이들이 야지베와 오스기를 둘러싸고 시끄럽게 졸라댔지만 야지베는 아이들을 귀찮아 하지 않고 말했다.

"게로구나? 게는 필요 없다."

그러자 아이들이 일제히 소리쳤다.

"게가 아니에요."

그들은 소매나 품속이나 손에 들고 있는 것을 보이며 앞다퉈 말했다.

"화살이에요, 화살!"

"아니, 화살촉이 아니냐?"

"예, 화살촉이에요."

"천초사 근처 수풀 속에 사람과 말을 묻은 무덤이 있어요. 참배하러 가는 사람들은 거기에 이 화살촉을 바치고 비는 거예요. 아저씨도 바치세요."

"화살촉은 필요 없다. 하지만 돈은 줄 테니 그러면 되겠지?"

야지베가 돈을 주자 아이들은 다시 흩어져서 화살촉을 파내고 있었다. 그런데 바로 그 앞의 초가집에서 아이들의 아버지가 나오더니 돈을 빼앗아 갔다.

"쳇!"

야지베는 기분이 상한 듯 혀를 차며 외면했지만 오스기는 드넓은 강가의 풍경에 넋을 뺏긴 듯 바라보고 있었다.

"이 부근에서 저런 화살촉이 많이 나오는 걸 보니 이 강가에서도 전쟁이 있었던 모양이군."

"잘은 모르지만 에도佳士의 쇼庄라고 불리던 무렵에는 전쟁이 가끔 있었던 듯합니다. 먼 옛날, 미나모토 요리토모조源賴朝[8]가 이즈伊豆에서 건너와 간토의 병사를 모은 것도 이 강가이고, 또 난초南朝가 다스릴 무렵, 니타 무사시노가미新田武蔵守가 고테사시가하라小手指 ヶ原 싸움에서 강을 건너와 아시카가 부대에게 화살을 퍼부은 것도 이 근처라고 합니다. 최근에는 덴쇼 무렵, 오타 도칸太田道灌 일족이나 치바千葉 씨 일족이 흥망을 거듭한 터도 저 앞 강가의 돌밭이라고 합니다."

---

8 12세기 가마쿠라 막부를 세운 초대 장군으로 그를 기점으로 무가武家 정치가 시작되었다.

이런저런 이야기를 나누며 걷는 동안에 주로와 고로쿠는 벌써 천초사 불당 툇마루에 걸터앉아 있었다. 가서 보니 절이란 이름뿐이었고 갈대로 지은 불당 한 채와 중들이 거처하는 다 쓰러져 가는 집이 불당 뒤에 있을 뿐이었다.

"아니, 이게 에도 사람들이 자랑하는 곤류잔金龍山의 천초사란 말이오?"

　오스기는 그만 실망하고 말았다. 나라와 교토 부근의 유구한 문화의 유적을 보아 온 그녀의 눈에는 너무 초라하고 원시적으로 느껴졌다. 대하의 강물은 홍수가 나면 숲까지 물에 잠기는 듯 평소에도 불당 바로 옆까지 강물이 들어와 철썩거리고 있었다. 불당을 둘러싼 나무들은 모두 천 년이나 된 교목들이었다. 어디선가 그 교목을 자르는 도끼 소리가 때때로 흡사 괴조가 울부짖듯 쿵쿵 울렸다.

"이거, 어서 오십시오."

　문득 머리 위에서 인사하는 소리가 들렸다. 오스기가 놀라서 눈을 들어 쳐다보니 불당 지붕 위에 앉아서 갈대로 지붕을 수리하는 관음당의 중들이었다. 야지베의 얼굴은 이렇듯 마을 변두리까지 알려져 있었다.

"수고하십니다. 오늘은 지붕을 수리하시나 보군요?"

"예, 이 부근의 나무에 큰 새가 살고 있는데 둥지를 만드는지 아무리 수리를 해 놓아도 갈대를 물고 가 버리기 때문에 빗물이 새고 금세 썩습니다. 금방 내려갈 테니 잠시만 쉬고 계십시오."

불당 안에 들어가 앉고 보니 과연 비도 새고 벽과 지붕 위에서 빛도
새어 들어오고 있었다.

여일허공주如日虛空住

혹피악인축或被惡人逐

타락금강산墜落金剛山

염피관음력念彼觀音力

불능손일모不能損一毛

혹치원적요或値怨賊遶

각집도가해各執刀加害

염피관음력念彼觀音力

함즉기자심咸卽起慈心

혹조왕난고或遭王難苦

임형욕수종臨刑欲壽終

염피관음력念彼觀音力

도심단단괴刀尋段段壞

야지베와 나란히 앉은 오스기는 소매에서 염주를 꺼내《보문품普門
品》을 암송했다. 처음에는 낮은 목소리로 외다가 차츰 다른 사람이 있
는 것도 잊은 듯 목소리가 커지더니 얼굴도 무언가에 홀린 듯 변해 갔
다. 오스기는 한 권을 다 외자 떨리는 손가락으로 염주를 꼽으며 뇌까

렸다.

"나무아미타불 관세음보살, 아무쪼록 이 노인을 불쌍히 여기시어 하루라도 빨리 무사시를 잡아 원수를 갚을 수 있도록 기원합니다."

그리고 갑자기 몸을 숙이고 낮은 목소리로 기원했다.

"마타하치가 훌륭한 사람이 되고 혼이덴 가문이 번성하도록 해 주시길 기원합니다."

그녀의 기원이 끝나기를 기다리며 서 있던 중이 말했다.

"저기 찻물을 끓여 놓았으니 말차라도 한 잔 드시지요."

야지베와 주로는 오스기 때문에 저려 오던 다리를 문지르며 일어섰다. 주로가 승낙을 구하듯 한가와라에게 말했다.

"여기에서는 마셔도 되겠죠?"

야지베가 허락하자 주로는 불당 뒤에 있는 중의 방 툇마루에 도시락을 펼치고 배에서 산 생선을 구웠다.

"이 부근에 벚꽃은 없지만 꽃구경을 온 기분인데."

주로와 고로쿠는 기분이 좋은 듯했다.

"지붕을 고치는 데 보태 쓰십시오."

야지베가 약간의 보시를 건네다 문득 이곳에 봉납한 참배자들의 이름을 적은 명찰을 보고 눈을 크게 떴다. 대부분의 봉납은 그가 지금 한 보시 정도의 돈이거나 그보다 적었는데 그중에서 유달리 눈에 띄는 것이 있었다.

"스님."

"예."

"천박한 질문일지 모르지만, 황금 열 장이면 굉장한 돈인데, 도대체 나라이의 다이조란 사람은 그렇게 부자입니까?"

"저도 잘 모르겠습니다만, 작년 말경에 훌쩍 불공을 드리러 와서 간토 제일의 명찰이 이래서는 안 된다고 하며 수리를 할 때, 목재 비용에 보태 달라고 하며 놓고 가셨습니다."

"세상에 그런 사람도 다 있습니다그려."

"그런데 소문을 듣자 하니 그 다이조 님은 유시마湯島의 천신天神께도 금 석 장을 봉납했다고 합니다. 또 다이라平 씨의 마사카도將門 공을 제사 지내는 간다神田의 묘진明神에는, 마사카도 공이 모반을 일으켰다고 하는 것은 크게 잘못 알려진 것이고 또 간토 지방을 처음 세운 것도 그분의 힘이 있었기 때문이라며 황금을 스무 장이나 헌납했다고 합니다. 세상에 그런 어진 분도 다 있더군요."

그때, 강가와 경내 사이에 있는 숲에서 분주한 발소리가 들렸다.

"이놈들, 놀려면 강가에서나 놀지 경내까지 들어와서 웬 소란이냐!"

스님이 툇마루에 서서 호통을 치자 뛰어온 아이들이 송사리 떼처럼 툇마루 쪽으로 몰려가서 소리쳤다.

"스님, 큰일 났어요."

"강가에서 무사들이 싸우고 있어요."

"사 대 일이에요."

"칼을 빼 들고요."

"빨리 가 보세요."

중들이 신을 신으며 중얼거렸다.

"또냐?"

중들은 급히 달려가려다가 야지베와 오스기를 돌아보며 말했다.

"손님들, 잠시 실례하겠습니다. 이 근처 강가는 싸우기 좋아서인지 결투는 물론이고 패싸움이 끊이질 않아 피가 마를 날이 없습니다. 그 럴 때마다 봉행소에서 저희에게 이것저것 물어본다며 오라 가라 하 기 때문에 지켜보지 않으면 안 됩니다."

아이들은 벌써 강가의 숲으로 달려가서 흥분된 목소리로 소리를 지 르고 있었다.

"결투인가?"

싸움이라면 빠지지 않는 주로와 고로쿠, 그리고 야지베도 달려갔다. 오스기는 제일 뒤에 숲을 빠져나와 강가의 경계에 있는 나무 아래에 서 바라보았지만 그녀가 나왔을 때에는 사람의 모습은 보이지 않았 다. 또 그토록 떠들어 대던 아이들과 다른 사람들은 물론이고 근처 어 촌 사람들 모두가 숲이나 나무 뒤에 숨어서 침을 꼴깍 삼키며 아무 소 리도 내지 않고 있었다.

"……?"

오스기는 의아했지만 곧 그녀도 다른 사람들처럼 숨을 죽이고 한곳을 가만을 바라보았다. 돌멩이와 강물밖에 보이지 않는 드넓은 강가였다. 강물은 맑아서 하늘색을 그대로 비추고 있었고 그 위로 제비가 자유롭게 날아다니고 있었다.

그런데 그 맑은 강물과 자갈밭 저편에서 무사 한 명이 걸어오고 있었다. 다른 사람의 모습은 전혀 보이지 않았다. 그 젊은 무사는 등에 장검을 메고 있었고 모란꽃처럼 붉은 분홍색의 무사 옷을 입은 모습이 대단히 화려해 보였다. 그는 많은 사람들이 나무 뒤에서 지켜보고 있는 것을 아는지 모르는지 무관심하게 걷다가 갑자기 멈춰 섰다.

"앗!"

오스기의 근처에 있던 구경꾼이 낮게 소리를 질렀다. 오스기의 눈도 반짝 빛났다. 그 무사가 서 있는 곳에서 약 열 간 정도 뒤에 네 구의 시체가 칼에 맞고 쓰러져 있는 것을 발견한 것이다. 싸움의 승패는 그것으로 결정이 난 것이었다. 젊은 무사는 혼자서 네 명을 상대로 싸워 있긴 듯했다.

그런데 그 네 사람 중에 아직 상처가 깊지 않는지 숨이 붙어 있는 자가 있었다. 젊은 무사가 갑자기 뒤를 돌아보자 피로 흥건히 물든 자가 달려들며 소리쳤다.

"아직 승부는 나지 않았다. 도망치지 마라!"

젊은 무사는 그를 향해 돌아서서 태연하게 기다렸다.

"나, 난 아직 살아 있다."

상처를 입은 자가 그렇게 소리치더니 칼을 들고 달려들자 젊은 무사는 한 걸음 뒤로 물러서며 소리쳤다.

"이래도 살아 있단 말이냐!"

상대의 얼굴이 수박이 쪼개지듯 두 동강이 났다. 상대를 벤 칼은 젊은 무사가 등에 매고 있던 모노호시자오라는 장검이었는데 어깨 너머로 손잡이를 쥔 손과 내리친 손목은 다른 사람의 눈에는 보이지 않을 만큼 빨랐다.

젊은 무사는 칼을 닦은 후에 강물에 손을 씻었다. 이 부근에서 가끔 칼싸움 구경을 하던 자는 그의 침착함에 감탄을 했지만 너무나 처참한 광경에 충격을 받았는지 새파래진 얼굴로 그저 멍하니 바라보고 있는 자도 있었다.

"……."

그 순간에는 어느 누구도 입을 여는 사람이 없었다. 손을 씻은 젊은 무사는 몸을 일으키며 중얼거렸다.

"이와쿠니岩國의 강물 같군. 고향이 생각나네."

그는 한동안 넓은 스미다 강가와 물 위를 스치듯 나는 제비를 바라보고 있다가 갑자기 걸음을 재촉했다. 이미 죽은 시체가 쫓아올 리는 없지만 뒷일이 귀찮아진 모양인지 강가 나루터에 매어 놓은 배를 발견하자 배에 올라 줄을 풀기 시작했다.

"어이, 무사."

주로와 고로쿠가 소리쳤다. 그들은 나무 사이에서 갑자기 그렇게 소리치더니 강가로 달려 나갔다.

"이 배를 어쩔 셈이오?"

가까이 가자 젊은 무사의 몸에서는 아직도 피비린내가 풍겼고 옷과 짚신에도 피가 튀어 있었다.

"타면 안 되는 게냐?"

그는 풀던 밧줄을 놓고 싱긋 웃었다.

"당연하지. 이건 우리 배요."

"그래? 그럼 삯을 주면 되겠군."

"바보 같은 소리. 우린 사공이 아니오."

방금 혼자서 네 명을 칼로 벤 무사에게 두 소년은 거침없이 말했다.

"……"

젊은 무사도 억지를 부릴 수 없었는지 배에서 내려 아무 말 없이 하류 쪽으로 걸어갔다.

"고지로 님, 고지로 님 아니시오?"

오스기가 그에게로 달려가서 앞에 서자 고지로는 깜짝 놀라며 굳은 표정을 풀고 웃으며 말했다.

"이런 곳에 계셨습니까? 그 후에 어떻게 됐나 궁금했었습니다."

"몸을 의탁하고 있는 한가와라의 주인 일행과 관세음께 불공을 드리러 온 참이오."

"이게 얼마 만이오? 그렇지, 에이 산에서 뵌 후에 에도로 가셨다는 소식을 들어 한 번쯤 만날 만도 하다고 생각했었는데 이런 곳에서 뵙게 될 줄은……."

　고지로는 뒤를 돌아보더니 멍하니 서 있는 두 소년을 눈짓으로 가리
키며 말했다.

"그러면 저들이 할머니 일행인가요?"

"그렇소. 주인 되는 분은 됨됨이가 훌륭하지만 그 밑에 있는 자들은
저리 보시다시피."

　오스기가 고지로와 친한 듯 서서 이야기를 하고 있는 모습을 보자
사람들뿐 아니라 야지베에게도 의외였다. 이윽고 그가 두 사람에게
다가오더니 정중하게 말했다.

"방금 제 밑에 아이들이 무례한 말을 한 모양입니다만, 저희들도 그
만 돌아가려던 참이니 괜찮으시면 가시는 곳까지 배로 태워 드리겠
습니다."

야외
수련

　　　　　　돌아가는 배 안, 동주同舟란 옛말처럼 한 배
에 몸을 실으면 싫어도 피차간에 마음이 통하기 마련이었다. 거기에 술
도 있고 신선한 생선도 있었다. 하물며 오스기와 고지로는 이전부터 마
음이 잘 맞았고 쌓인 이야기들도 태산 같았다.

"변함없이 수행 중이신가?"

오스기가 묻자 고지로가 되물었다.

"할머니의 대망은 여전히?"

오스기의 대망이란 말할 것도 없이 무사시를 베는 것이었는데 그 무사
시의 소식을 요즘에는 전혀 들을 수가 없다고 하자 고지로가 말했다.

"작년 가을부터 겨울까지 두세 명의 무예가를 방문했다는 소문을
들었는데, 필시 에도에 있는 것이 분명합니다."

야지베도 말을 보탰다.

"실은 나도 할머님의 사정을 듣고 미약하나마 힘을 보태고 있지만 무사시란 자가 어디 있는지 도무지 알 수가 없소이다."

이야기는 오스기의 처지를 중심으로 이루어졌는데 이윽고 야지베가 말했다.

"모쪼록 앞으로 잘 부탁드리겠소이다."

그러자 고지로도 그에 화답했다.

"저도 잘 부탁드리겠소이다."

고지로는 그렇게 말하고 잔을 비우고는 야지베뿐 아니라 아이들에게도 차례로 잔을 돌렸다. 방금 강가에서 고지로의 실력을 본 두 소년은 분위기가 격이 없어지자 입에 침이 마르도록 칭찬을 해 댔다. 또한 야지베도 자신이 돌보고 있는 오스기가 같은 편이라고 하자 진심으로 대했다. 오스기는 이렇듯 자신의 뒤를 봐주는 사람들에게 둘러싸여 있자 감정이 복받쳐 올랐는지 눈물을 글썽이며 말했다.

"세상살이가 각박하다고는 하지만 고지로 님과 한가와라의 가족분들이 나와 같은 늙은이를 이렇듯 생각해 주니 뭐라 감사해야 할지 모르겠소. 이것도 관세음보살님의 은혜가 아닌가 하오."

분위기가 엄숙해지려고 하자 야지베가 화제를 돌렸다.

"한데, 조금 전에 고지로 님이 강가에서 벤 네 명은 대체 어떤 자들입니까?"

그가 묻자 기다렸다는 듯 고지로는 자신의 특기인 일장연설을 시작했다.

　　　　　　　　미야모토 무사시 6_하늘天의 장

"아, 그것 말입니까?"

고지로는 아무 일도 아니라는 듯 웃더니 말을 이었다.

"그자들은 오바타小幡 가문에 드나드는 낭인들인데, 얼마 전부터 대여섯 번쯤 내가 오바타를 방문해서 이야기를 하고 있으면 항상 옆에서 딴죽을 걸더군요. 게다가 군사학이나 검에 대해서도 이러쿵저러쿵 아는 체하기에 그렇다면 간류의 비술과 모노호시자오의 칼 맛을 보여 줄 테니 몇 명이라도 좋으니 스미다 강가로 오라고 했었지요. 그런데 오늘 다섯 명이 기다리고 있다고 해서 나간 것뿐입니다. 한 명은 칼을 겨루기 직전 도망을 쳤는데 이거 참, 에도에는 입만 산 자들이 너무 많은 듯합니다."

고지로는 어깨를 들썩이며 웃었다.

"오바타는 무엇인지요?"

"고슈의 다케다武田가의 오바타 니치조小幡日淨의 지류인 간베 가게노리勘兵衛景憲를 모르십니까? 조정에 나가 지금은 히데타다 공의 군사학 선생입니다."

"아아, 그 오바타 님 말씀이군요."

야지베는 그런 명성 있는 대가를 마치 친구처럼 말하는 고지로의 얼굴을 지그시 바라보며 마음속으로 생각했다.

'이 무사는 아직 이렇게 젊은데 참으로 대단하군.'

그는 고지로에게 경도되고 말았다.

'이자는 대단한 사람이다.'

이런 생각이 들자 그는 점점 더 그에게 매력을 느꼈다.

"저, 어떠실지 모르겠습니다만."

야지베는 의논을 하듯 고지로에게 말을 꺼냈다.

"제 밑에 늘 빈둥거리는 젊은 녀석들이 사오십 명이 있습니다. 집 뒤편에 공터가 있는데 그곳에 도장을 지어도 되겠는지요?"

그는 고지로를 자신의 집에서 지내는 것이 어떻겠느냐는 의중을 내비쳤다.

"흐음, 내가 가르치는 거야 어렵지 않지만, 나는 제후들이 삼백 석, 오백 석을 주겠다며 소매를 잡아도 천 석 이하로는 봉공을 할 생각이 없어 당분간은 지금 몸을 의탁하고 있는 곳에서 지내려고 했습니다. 그런데 갑자기 그곳을 나오는 것도 의리상 좋지 않을 듯합니다. 흠, 그렇지만 한 달에 서너 번 정도 가르치는 것은 괜찮을 듯합니다."

그 말을 들은 주로와 고로쿠도 고지로가 대단한 인물로 여겨졌다. 고지로는 항상 은연중에 자신을 자랑했는데 그것을 꿰뚫어 볼 능력이 그들에게는 없었던 것이다.

"그걸로 충분합니다. 모쪼록 잘 부탁드리겠으니, 한번 발걸음을 하시지요."

야지베가 그렇게 말하자 오스기도 거들었다.

"기다리겠소이다."

고지로는 배가 교바시보리로 꺾어지는 모퉁이에서 내려 달라고 말하고 배에서 내리더니 이내 마을 쪽으로 사라졌다.

"믿음직한 사람이군."

야지베가 그렇게 말하자 오스기가 화답했다.

"저것이 진정한 무사가 아니겠소. 저 정도 인물이라면 다이묘는 오백 석도 아깝지 않을 것이오."

오스기는 그렇게 말하더니 문득 혼자서 중얼거렸다.

"마타하치도 저 정도 인물이 되면 좋을 것……."

이날 이후 닷새째 되는 날, 고지로가 한가와라에 왔다. 사오십 명이나 되는 부하들이 차례로 그가 있는 객실로 인사를 하러 나오자 기분이 유쾌해진 듯했다.

"여기에 도장을 세우려 하는데 터가 괜찮은지 한번 봐 주십시오."

야지베가 고지로를 안내하며 집 뒤편으로 데리고 나갔다. 이천 평남짓한 공터였는데 근처에 염색집이 있는 듯 염색한 천들을 한가득 널어놓고 말리고 있었다. 그 땅은 야지베가 빌려 준 것이기 때문에 얼마든지 넓게 사용할 수 있었다.

"여기라면 길에서도 떨어져 있으니 도장을 지을 필요는 없을 듯하니 이대로가 좋겠습니다."

"하지만 비가 오는 날에는……."

"흐음, 내가 매일 올 수는 없으니 당분간은 야외에서 수련을 하도록 합시다. 단, 내 수련은 야규柳生나 시중의 선생들보다는 훨씬 거칠 것입니다. 자칫하면 다리 한쪽을 잃거나 죽을 수도 있으니 그 점을 충분히 설명하고 그들도 동의하지 않으면 곤란합니다."

"처음부터 각오하고 있던 바입니다."

야지베는 부하들을 모아 놓고 맹세까지 시켰다.

수련일은 한 달에 세 번, 삼이 들어가는 날로 정하고 고지로는 그날이 되면 한가와라로 찾아왔다. 협객들을 가르치는 협객이 나타났다며 마을 사람들의 관심은 온통 그에게 쏠렸다. 고지로의 화려한 모습은 어디를 가더라도 사람들의 눈에 띄었다.

"다음, 다음!"

그런 고지로가 비파나무로 만든 긴 목검을 들고 호령하며 염색집 건조장에서 많은 젊은이들에게 무술을 가르치는 모습은 눈이 부실 정도였다. 어느덧 스물서너 살이 됐는데도 여전히 앞머리를 내리고 있었고 겉옷을 벗으면 시선을 끄는 모모야마 자수의 속옷을 입고 어깨는 보라색 가죽 끈을 질끈 동여매고 있었다.

"비파 목검으로 맞으면 뼈가 성치 못할 것이니 그것을 각오하고 덤벼라. 자, 다음은 누구냐?"

화려한 옷차림과 대조적으로 그의 살벌한 말투가 넓은 공터에 울려 퍼졌다. 수련이라고는 하지만 고지로는 조금도 봐주는 법이 없었다. 이 공터에서 수련을 시작한 것이 오늘로 세 번째로, 한 명의 절름발이와 다섯 명의 부상자가 나왔는데 그들은 방에 드러누워 신음 소리를 내며 앓고 있었다.

"아무도 나오지 않는가? 그만하겠다면 나는 돌아가겠다."

예의 독설이 시작되자 무리 중에서 한 명이 벌떡 일어서며 외쳤다.

"여기 있습니다."

그가 고지로 앞으로 나와서 목검을 잡으려는 순간 '욱' 하는 비명 소리와 함께 목검도 잡지 못하고 쓰러지고 말았다.

"검법에서 방심은 가장 금물이다. 이것은 그 수련이었다."

고지로가 그렇게 말하고 주위에 있는 마흔 명의 얼굴을 훑어보자 모두 침을 삼키며 그의 혹독한 수련에 부들부들 떨고 있었다.

"죽은 것 같다!"

"죽었다고?"

"숨을 쉬지 않는다."

사람들이 웅성거리며 동요했지만 고지로는 꼼짝도 하지 않았다.

"이 정도 일을 무서워한다면 검술 수련은 하지 않는 것이 좋다. 너희들은 무법자나 협객이라고 자처하며 자신들의 마음에 들지 않으면 싸움을 하지 않느냐!"

고지로는 가죽 버선을 신고서 흙먼지를 일으키며 걸음을 옮겼다. 그는 마치 강연을 하는 듯한 말투로 말했다.

"생각해 보아라. 너희들은 발등을 밟았다며 싸움을 하고, 칼집을 건드렸다며 곧 칼을 뽑아 들지만 막상 진검승부가 벌어지면 몸이 굳어 버릴 것이다. 계집 문제나 허세 따위의 시답잖은 일에는 목숨을 내던지지만, 대의를 위해 몸을 던지는 용기는 없다. 무슨 일이든 감정과 자존심에 좌우되니 그래서는 안 된다!"

"고지로는 가슴을 쭉 펴며 다시 말했다.

"역시 수행을 해서 얻은 자신감이 아니면 그것은 진정한 용기가 아니다. 자, 일어서라."

고지로의 콧대를 납작하게 해 주려 갑자기 한 명이 뒤에서 그를 내리쳤지만 고지로가 몸을 낮게 숙이자 불시에 기습을 한 사내는 앞으로 한 바퀴 굴렀다.

"아얏!"

사내는 허리뼈에 비파 목검을 맞고 비명을 지르며 자리에 주저앉고 말았다.

"오늘은 여기까지다."

고지로는 목검을 내던지고 손을 씻기 위해 우물로 갔다. 방금 자신이 목검으로 죽인 자가 우물 옆에 있었지만 고지로는 죽은 사람의 얼굴 옆에서 물을 튀기며 손을 씻으면서도 미안하다는 말 한 마디도 하지 않았다. 그런데 옷을 입은 고지로가 웃으며 말했다.

"근래, 요시와라라는 곳에 사람들의 발길이 끊이질 않는다고 하더군. 너희들 모두 잘 알고 있을 텐데, 누가 오늘 밤 안내하지 않겠나?"

고지로는 놀고 싶을 때는 놀고 싶다고 말하고 마시고 싶을 때는 술을 사라고 했다. 잘난 체하는 것처럼 보이기도 했지만 한편으로는 솔직하다고 할 수 있었다. 야지베는 고지로의 그런 성격을 좋은 쪽으로 받아들였다.

"아직 요시와라에 가 보지 못했습니까? 한 번쯤은 가 보셔야지요. 제가 같이 갔으면 좋겠지만 아무래도 사람이 한 명 죽어서 그 뒤처리를 해야 하니…….”

야지베는 고로쿠와 주로에게 돈을 건네며 고지로를 안내해 드리라고 일렀다. 그들이 집을 나서기 전, 그는 두 사람에게 단단히 일렀다.

“오늘 밤에 너희들은 놀아서는 안 된다. 선생을 안내해서 잘 보살펴 드려야 할 것이다.”

하지만 두 사람은 문을 나서자마자 이내 잊어버리고 들떠서 말했다.

“이런 일이라면 매일 심부름을 해도 좋을 텐데.”

“선생님, 이제부터는 자주 요시와라에 가 보고 싶다고 하십시오.”

“하하하, 알았다. 종종 그러도록 하마.”

고지로는 앞장서서 걸어갔다.

해가 지자 에도는 금세 캄캄해졌다. 교토의 변두리도 이렇게 어둡지는 않았다. 나라나 오사카의 밤은 훨씬 밝았는데 에도에 온 지 일 년이 넘은 고지로도 아직 밤길이 익숙지 않았다.

“너무 어둡군. 등불을 가지고 올걸 그랬어.”

“유곽에 제등을 들고 가면 남들이 웃습니다. 선생님, 그쪽은 해자를 파내 흙을 쌓아 놓은 제방이니 아래쪽으로 걸으십시오.”

“거기는 물웅덩이가 많지 않으냐? 지금도 갈대밭에 발이 미끄러져서 짚신이 다 젖었다.”

홀연 해자의 물이 붉게 물들었다. 올려다보니 강의 맞은편도 붉게 물들어 있었다. 마을 한쪽 지붕 위로 늦봄의 둥근 달이 떠 있었다.

“선생님, 저깁니다.”

"흐음."

세 사람은 그쪽을 바라보며 다리를 건너고 있었다. 고지로는 다리를 건너다 말고 돌아가더니 다리 난간의 문자를 보고 있었다.

"이 다리의 이름은 무엇이냐?"

"오야지親父9 다리라고 합니다."

"그건 여기도 쓰여 있는데, 왜 그런 이름이 붙었느냐?"

"쇼지 진나이庄司甚內라는 사람이 이 유곽을 처음 만들었기 때문일 겁니다. 유곽에서 유행하는 노래에 이런 것이 있습니다."

유곽의 불빛이 보이자 마음이 들뜬 주로가 고지로에게 말했다.

"선생님께도 빌려 드릴까요?"

"무엇을?"

"이것으로 얼굴을 이렇게 가리고 걷는 겁니다."

두 사람은 허리춤에서 빨갛게 물들인 수건을 꺼내서 털더니 머리에 뒤집어썼다.

"과연."

고지로도 허리에 감고 있던 붉은색 비단을 머리부터 뒤집어쓰더니 턱 아래에서 단단히 동여맸다.

"멋있습니다."

"잘 어울립니다."

---

9 자신의 아버지나 남의 아버지를 일컫는 말로 쓰이기도 하고 노인이나 아저씨, 가게 주인 등을 친근하거나 얕잡아 보고 부르는 말이기도 하다.

다리를 건너자 거리도 불빛에 물들어 있었다. 그들은 유곽의 이 집 저 집으로 돌아다녔다. 붉은색 구슬발부터 노란색 구슬발도 있었다. 어떤 누각의 구슬발에는 방울이 달려 있었는데 손님이 들어오면 방울이 울리고 그 소리를 들은 여자들이 창가로 몰려나왔다.

"선생님, 이젠 얼굴을 가려도 소용없습니다."

"어째서?"

"이곳은 처음이라고 말씀하셨는데, 방금 들어간 집의 기녀 중에 선생님 모습을 보고 놀라 소리를 지르며 병풍 뒤로 숨은 여자가 있었습니다. 이미 오신 적이 있는 것 아닙니까?"

고로쿠와 주로가 그렇게 말했지만 고지로는 의외라는 듯 말했다.

"이상하군. 대체 누구지?"

"시치미 떼도 소용없습니다. 그만 들어가시지요. 방금 그 집으로."

"이거 참, 난 처음인데."

"올라가 보시면 알 것 아닙니까."

둘은 그렇게 말하고 방금 나온 누각 안으로 들어갔다. 커다란 떡갈나무 무늬를 세 개로 잘라서 끝에 스미야라고 쓴 구슬발이 걸린 집이었다. 기둥이나 복도가 마치 절간처럼 큰 건물이었는데 아직 마루 아래에는 마르지 않은 갈대가 섞여 있었고 아무런 정취도 느낄 수 없었다. 가구나 장지문까지 모든 것이 눈이 부실 정도로 새것이었다.

세 사람이 들어간 곳은 길가로 향해 있는 이 층 방이었는데 앞 손님들의 흔적들이 아직 여기저기 널려 있었다. 청소하는 여자들이 무뚝

뚝하게 그것을 치웠다.

'나오'라고 하는 할멈이 오더니 매일 잠을 잘 시간도 없이 바빠서 이렇게 삼 년만 지내면 죽을지도 모르겠다며 투덜거렸다.

"이게 유곽인가? 참으로 살풍경하군."

고지로는 구멍이 숭숭 뚫린 엉성한 천장을 바라보며 쓴웃음을 짓자 나오가 변명했다.

"이건 임시로 지은 건물이고 지금 뒤편에 후시미나 교토에서 본 적이 없을 만큼 좋은 건물을 짓고 있습니다."

그러고는 고지로를 힐끔힐끔 쳐다보며 다시 말했다.

"무사님은 어디서 뵌 것 같은데요? 그래, 작년에 저희들이 이곳으로 오는 도중에 길에서……."

고지로는 까맣게 잊고 있었지만 그 말을 듣고 보니 고보도케小佛 위에서 만났던 스미야 일행을 떠올리고, 그 쇼지 진나이가 이곳의 주인이라는 것을 깨달았다.

"그렇군. 그러고 보면 보통 인연이 아닌 듯하군."

고지로가 재미있어 하자 주로가 야유하듯 대꾸했다.

"보통 인연이 아닌 듯합니다. 무엇보다 이 집에 선생님을 알고 있는 여자도 있으니."

주로는 그 여자를 빨리 불러 오라고 나오에게 재촉하며 얼굴 생김새와 옷차림까지 설명했다.

"예, 알겠습니다."

나오 할멈이 그렇게 말하고 나갔는데 어찌된 일인지 한참을 기다려도 데려오지 않자 고로쿠와 주로가 복도로 나가 보았더니 어쩐지 누각 안이 소란스러웠다. 두 사람이 손뼉을 쳐서 나오 할멈을 불러 어찌된 일인지 물었다.

　"손님이 불러오라고 하셨던 아이가 없어졌습니다."

　"이상하군. 어째서 없어졌단 말인가?"

　"안 그래도 진나이 주인님도 참으로 이상하다며 궁금해하고 있습니다. 예전에 고보도케 언덕에서 함께 오신 무사님과 진나이 님이 이야기하는 것을 보고는 그 아이가 숨은 적도 있었으니 말입니다."

　갓 마룻대를 올린 공사장이었다. 지붕에 널판을 깔았지만 벽도 없고 널빤지도 대지 않은 상태였다.

　"하나기리花桐 님, 하나기리 님!"

　멀리서 부르는 소리가 들렸다. 산더미처럼 쌓여 있는 대팻밥과 목재 사이를 몇 번이나 자신을 찾아다니는 사람이 지나갔다.

　"……."

　아케미는 잔뜩 숨을 죽이고 숨어 있었다. 하나기리는 유곽에 온 후로 새로 지은 이름이었다.

　"흥, 누가 나갈 줄 알고?"

　처음에는 손님이 고지로인 것을 알고 몸을 숨겼지만 이렇게 몸을 숨기고 있자니 미운 것은 고지로뿐이 아니었다. 세이주로도 밉고, 고지로도 밉고, 하치오지에서 자신을 마구간으로 끌고 간 사내도 미웠다. 매일 밤마다 자신의 몸을 장난감처럼 대하다 가는 손님들도 미웠다. 모든 남자들이 원수로 여겨졌다. 하지만 그녀는 남자를 찾기 위해서 살고 있었다. 바로 무사시와 같은 남자를.

'닮은 사람이라도 좋아.'

그녀는 속으로 생각했다. 만약 닮은 사람을 만나면 거짓 사랑이라도 위안을 얻을 수 있을 거라고 생각했다. 하지만 손님들 중에 그런 사람은 없었다. 아케미는 그토록 갈구하고 사랑하면서도 점점 그 사람에게서 멀어지고 있다는 것을 알고 있었다. 그러는 사이에 술만 늘었다.

"하나기리, 하나기리."

공사장과 바로 붙어 있는 스미야의 뒤편에서 진나이의 목소리가 가깝게 들리더니 고지로와 두 사람도 나타났다. 진나이에게 실컷 불평을 하고 사죄를 받더니 세 사람은 공터에서 거리 쪽으로 나갔다. 필시 포기하고 돌아간 듯했다. 아케미는 마음 놓고 얼굴을 내밀었다.

"하나기리 님, 그런 곳에 있었군요?"

부엌에서 일하는 여자가 말했다.

"쉿!"

아케미는 손을 저으며 큼지막한 부엌 입구를 엿보았다.

"차가운 술 한 잔 줄래요?"

"술을요?"

"예."

아케미의 얼굴이 심상치 않은 것을 보고 그릇이 넘치도록 술을 따라 주자 아케미는 눈을 감고 단숨에 마셨다.

"아니, 하나기리 님. 어디 가요?"

"아이, 시끄러. 발을 씻고 올라갈 거예요."

부엌의 여자는 안심하고 문을 닫았다. 하지만 아케미는 흙이 묻은 맨발을 그대로 신에 넣더니 어슬렁어슬렁 길가로 나갔다.

"아아, 기분 좋아."

붉은 불빛에 물든 길가를 달떠서 오가는 남자들을 본 아케미는 저주하듯 침을 뱉고는 달려갔다.

길은 이내 캄캄해졌다. 해자 안에 떠 있는 하얀 별들이 한참 들여다보고 있는데 뒤에서 달려오는 발소리가 들렸다.

"아, 스미야의 제등 같다. 흥, 누가 돌아갈 줄 알고."

아케미는 세상의 모든 사람들이 적으로 보였다. 그대로 목적지도 없이 캄캄한 어둠 속으로 내달렸다. 머리에 붙어 있는 대팻밥 하나가 어둠 속에서 팔랑거리고 있었다.

은사효옹

다른 유곽에서 실컷 놀았는지 고지로는 거나하게 취해 있었다.

"어깨, 어깨를!"

"선생님, 어떻게 하라고요?"

"걷질 못하겠으니 양쪽에서 어깨를 부축해 달라고."

고지로는 주로와 고로쿠의 어깨에 의지해 한밤의 유곽 거리를 비틀거리며 돌아가고 있었다.

"그러니까 거기서 묵으시라고 했지 않습니까?"

"그런 곳에서 자라고? 옳지, 스미야에 한 번 더 가보자."

"그만두세요."

"아니, 왜?"

"도망쳐서 숨어 버리는 여자를 억지로 붙잡고 놀면 뭐합니까."

"음, 그렇군."

"선생님은 그 여자에게 반한 모양이죠?"

"후후후."

"왜 웃으십니까?"

"나는 여자에게 반한 적이 없다. 타고난 성격인가 봐. 더 큰 야망을 품고 있으니까!"

"선생님의 야망은 뭐죠?"

"말하지 않아도 알 것이다. 검을 잡은 이상, 어찌 검의 일인자가 되지 않을 수 있단 말이냐. 그러자면 장군 가문의 사범이 되는 게 상책인데."

"이미 야규가도 있고, 얼마 전에 오노 지로우에몬小野治郎右衛門이란 사람이 천거되었다고 하던데."

"지로우에몬? 그런 자가 어찌……. 야규 역시 두려울 게 없다. 두고 봐라, 내가 머잖아 그자들을 꺾어 버릴 테니."

"위험합니다. 선생님, 먼저 자신의 발밑부터 주의하십시오."

이미 유곽의 불빛은 뒤편에 있었고 길에는 사람도 보이지 않았다. 땅을 파다 만 해자의 끄트머리까지 왔다. 흙을 쌓아 둔 곳에 버드나무가 절반쯤 묻혀 있었고 한쪽은 키가 작은 갈대와 물웅덩이 위로 하얀 별빛이 빛나고 있었다.

"미끄럽습니다."

주로와 고로쿠가 제방 위에서 취한 고지로를 부축하며 내려갈 때였다.

"앗!"

소리친 사람은 고지로였다. 또한 갑자기 고지로에게 내동댕이쳐진 두 사람의 소리이기도 했다.

"누구냐?"

고지로는 제방에 엎드리며 다시 소리쳤다. 뒤에서 불의의 기습을 했던 사내도 발을 헛디뎠는지 앗, 하는 소리를 내며 아래쪽 습지로 미끄러졌다.

"잊었느냐? 사사키."

어디선가 이렇게 외치는 소리가 들렸다.

"일전에 스미다 강가에서 동문 네 명을 잘도 베었겠다."

다른 자의 목소리였다. 고지로가 제방 위로 뛰어올라 소리가 난 곳을 살펴보자, 나무와 흙덩이와 갈대 속에 열 명이 넘는 자들이 숨어 있었다. 고지로가 제방 위에 서자 그들은 일제히 칼을 겨누며 고지로에게 다가갔다.

"오바타의 문하생들이구나. 일전엔 다섯 놈이 왔다가 네 놈이 목숨을 잃었는데 오늘은 몇 놈이 와서 몇 놈이 황천으로 가고 싶으냐? 원하는 만큼 베어 주마. 비겁한 놈들, 자 덤벼라!"

고지로가 어깨 너머에 있는 모노호시자오의 손잡이를 잡자 가느다란 쇳소리가 울렸다.

히라가와 덴진平河天神 신사와 등을 맞대고 숲을 짊어지고 있는 저택이었다. 오바타 간베 가게노리小幡勘兵衛景憲는 초가지붕 아래 새 강당과 현관을 이어 짓고 병법을 가르치고 있었다.

간베는 원래 다케다 가문의 가신으로 고슈 출신 중에서도 명성이 높은 무문인 오바타 니치조의 계통이었다. 다케다가 멸망한 후에는 오랜 세월 초야에 묻혀 있다가 간베의 대에 와서 이에야스의 부름을 받아 전쟁에 나가기도 했지만 이제는 늙고 병이 들어 남은 여생을 병법을 가르치며 봉공하고 싶다고 청을 올려 지금의 자리로 옮겨 온 것이었다.

막부가 그를 위하여 성 아래에 있는 마을의 한 구획을 택지로 내리자 간베는 고사했다.

"고슈 출신 무인이 호화스런 저택이 줄지어 있는 곳에 사는 것은 어울리지 않습니다."

그는 히라가와 덴진 근처에 있는 낡은 농가를 고쳐서 항상 은둔하고 있었는데 근래에는 강의에도 좀처럼 얼굴을 보이지 않았다.

숲은 낮에도 올빼미 소리가 들릴 정도로 올빼미가 많이 있어서 간베는 스스로를 '은사효옹隱士梟翁'이라고 부르며 병든 자신을 두고 '나도 저들의 무리 중 한 마리인가' 하고 쓸쓸하게 웃곤 했다.

그가 앓는 병은 신경통이었다. 한 번 증상이 발병하기 시작하면 좌골 부근부터 시작되어 온몸이 극심하게 아파왔다.

"스승님, 다소 좋아지셨습니까? 물이라도 한 잔 드시지요."

그의 곁에는 늘 호조 신조北条新藏라는 제자가 붙어 있었다. 신조는 호조 우지카쓰北条氏勝의 아들로 아버지의 뒤를 이어 호조류北条流 병법을 완성시키기 위해 간베의 제자가 되어 소년 시절부터 장작을 패고 물을 길며 고학을 한 청년이었다.

"이젠 많이 좋아졌다. 곧 새벽이라 졸릴 테니 그만 가서 자도록 하거라."

간베는 백발에다가 몸도 야위어서 뼈만 앙상했다.

"제 걱정은 마십시오. 저는 낮에 잠을 자고 있습니다."

"아니다. 내 대신 강의를 할 수 있는 사람은 너밖에 없다. 낮에도 잘시간이 좀처럼 없을 게다."

"자지 않는 것도 수행이 아니겠습니까."

신조는 스승의 등을 문지르다가 문득 꺼질 듯 가물거리는 등잔을 보더니 기름병을 가지러 일어섰다.

"아니?"

베개를 베고 누워 있던 간베가 그렇게 중얼거리며 문득 고개를 들자 신조가 기름병을 든 채로 스승의 눈을 보았다.

"왜 그러십니까?"

"네겐 들리지 않느냐? 우물 근처에서 물소리가 나는구나."

"흐음, 인기척이……."

"또 제자 녀석들이 밤에 놀러 갔다 온 건지도 모르겠구나."

"필시 그런 듯합니다. 제가 가 보겠습니다."

"잘 타이르도록 해라."

"예. 피곤하실 텐데 편히 주무십시오."

간베는 날이 밝아 오자 통증도 멎었는지 곤히 잠이 들었다. 신조는 스승의 어깨에 살짝 이불을 끌어 올려서 덮어 주고는 뒷문을 열고 살펴보았다. 두 제자가 우물가에서 두레박으로 물을 퍼서 손과 얼굴에 묻은 피를 씻고 있었다. 신조는 그 모습을 보고 깜짝 놀란 듯 미간을 찌푸리며 버선발로 우물까지 달려갔다.

"너희들이 기어이……."

그 말에는 그토록 말리던 일에 대한 질책과 이미 돌이킬 수 없는 일이 되었다는 탄식과 놀라움이 담겨 있었다.

"앗, 신조 님."

손발의 피를 씻고 있던 두 사람은 그를 보자 금방이라도 울 것 같은 표정으로 말했다.

"분, 분합니다!"

동생이 형에게 호소하듯 이를 갈며 울부짖었다.

"바보 같은 녀석들!"

신조가 신음처럼 내뱉더니 질책했다.

"그는 너희들의 상대가 아니니까 그만두라고 몇 번이나 말렸건만, 왜 그랬느냐?"

"하지만 여기에 와서 병상의 스승님을 욕하고 스미다 강가에선 동문들을 넷이나 죽인 그 사사키 고지로 놈을 어찌 그냥 둘 수 있단 말입니까? 아무 말도 하지 않고 그저 참으라고 하는 것은 무리입니다."

"뭐가 무리더냐?"

비록 나이는 어리지만 신조는 오바타 문중의 수제자이자 스승이 병상에 있는 동안에는 스승을 대신하여 제자들을 가르치는 위치에 있었다.

"너희들이 상대할 수 있는 자라면 내가 가장 먼저 앞장섰을 것이다. 얼마 전부터 도장을 찾아와서 병상에 계신 스승님께 무례한 말을 지껄이고 우리에게도 방약무인하게 행동하던 그자를 내가 무서워서 그냥 둔 줄 아느냐?"

"하지만 세상 사람들은 그렇게 생각하지 않습니다. 게다가 그자는 스승님뿐 아니라 병법에 대해서도 헐뜯고 다니고 있습니다."

"그대로 내버려 두면 되지 않느냐? 스승님의 진면목을 알고 있는 사람들이 설마 그런 풋내기에게 스승님이 졌다고 생각하겠느냐?"

"신조 님은 어떨지 모르지만 저희들은 잠자코 있을 수 없었습니다."

"그럼 도대체 어쩌겠다는 것이냐?"

"그자를 베어서 똑똑히 알려 줄 참입니다."

"내가 말리는 것도 듣지 않더니 스미다 강가에서 네 사람이 죽었고, 오늘 밤에도 지고 돌아오지 않았느냐? 스승님의 얼굴에 먹칠을 하는 것은 고지로가 아니라 바로 너희들이지 않느냐!"

"말씀이 지나치십니다. 어떻게 우리가 스승님의 명성을……."

"그러면 고지로를 베었느냐?"

"……."

"오늘 밤에 죽은 것도 필시 우리 쪽일 게다. 너희들은 그자의 실력을 모른다. 비록 고지로라는 자가 나이도 젊고 큰 인물도 아니고 조잡하고 교만하지만 그가 지니고 있는 천부적인 힘, 어떻게 단련해서 성취했는지 모르지만, 그 모노호시자오라고 하는 장검을 다루는 실력은 부정할 수 없다. 얕잡아 보았다간 큰 코를 다칠 것이다."

문하생 중 한 명이 신조의 앞으로 바싹 다가서며 말했다.

"그럼, 그놈이 어떤 행패를 부려도 어쩔 수가 없다고 말씀하시는 겁니까? 신조 님은 그자가 그리도 무서우십니까?"

"그렇다. 그렇게 말해도 어쩔 수가 없다."

신조는 머리를 끄덕이며 다시 말했다.

"내 태도가 겁쟁이로 보인다면 겁쟁이라고 불러도 좋다."

그때 깊은 상처를 입고 땅바닥에서 신음하고 있던 자가 신조와 두 동문의 발밑에서 괴로운 듯 호소했다.

"물, 물을 줘."

두 사람이 양옆에서 끌어안고 두레박으로 물을 퍼서 먹여 주려 하자 신조가 황급히 말렸다.

"안 된다. 물을 먹이면 곧 죽고 말 것이다!"

두 사람이 망설이고 있는 사이에 사내가 두레박을 움켜쥐고 물을 한 모금 마시더니 그대로 얼굴을 두레박에 처박고 숨을 거두고 말았다.

"……."

아침 달이 떠 있는 하늘가에서 올빼미가 울었다. 신조는 아무 말 없이 자리를 떴다. 집으로 들어온 신조는 스승의 병실을 몰래 들여다보았다. 간베는 깊이 잠들어 있었다. 그는 가슴을 쓸어내리고 자신의 방으로 물러갔다. 읽다 만 병서가 책상 위에 펼쳐져 있었다. 그는 책을 읽을 틈도 없이 매일 밤마다 스승의 병간호에 매달려 있었다. 자리에 앉으니 긴장이 풀리고 피곤이 한꺼번에 몰려왔다.

신조는 책상 앞에 팔짱을 끼고 앉아 깊은 한숨을 내쉬었다. 자신이 아니면 누가 늙은 스승의 병상을 지킬 것인가. 도장에는 함께 침식을 하고 생활하는 제자가 몇 명 있었지만 모두 병서나 공부하는 나약한 서생들뿐이었다. 도장을 다니는 자들은 더했다. 그저 잘난 체하며 무武를 논할 뿐, 고적한 스승의 심정을 깊이 헤아리고 있는 자는 거의 없었다. 걸핏하면 밖에서 싸움이나 하기 십상이었다.

이번 일만 하더라도 그랬다. 신조가 도장을 비운 사이에 고지로가 병서에 대해 질의할 것이 있다며 간베를 찾아왔다. 제자들이 간베를 만나게 해 주었더니 가르침을 얻고 싶다고 하던 고지로는 오히려 간베를 욕보이러 온 듯한 태도를 보였고, 제자들이 그를 별실로 데려가서 그의 불손함을 힐책하자 고지로가 큰소리치며 언제라도 상대를 해 주겠다고 하고 돌아간 것이 원인이었다.

항상 사소한 일이 원인이 되고 그 결과는 걷잡을 수 없이 커지는 경우가 많다. 고지로는 에도에서 오바타의 병법이 천박하고 고슈류는 예부터 있던 구스노기류楠流나 당서唐書인《육도六韜》를 살짝 변형해서 만들어 낸 저속한 병학兵學이라며 욕하고 다녔고, 그 말이 제자들의 귀에 들어오자 그대로 살려 둬서는 안 된다며 문하생들이 복수를 맹세했다.

신조는 복수가 매우 사소한 일이며 스승이 병중에 있고, 또 상대가 병법을 논하는 학자가 아니라는 점을 들어 처음부터 반대했다. 그리고 스승의 아들인 요고로余五郎가 여행 중이라는 이유를 들며 절대로 이쪽에서 먼저 싸움을 걸어서는 안 된다고 다짐을 두었다.

그럼에도 불구하고 제자들은 신조에게 알리지도 않고 무단으로 스미다 강가에서 고지로와 싸움을 벌였고, 어젯밤에도 매복하고 있다 오히려 고지로에게 호되게 당해서 열 명 중에 살아서 돌아온 자는 몇 명이 되지 않는 듯했다.

"참으로 어리석은 짓을……."

신조는 가물거리는 등잔불을 향해 몇 번이고 탄식하면서 팔짱 끼고 깊은 생각에 빠져 있었다.

책상 위에 엎드린 채 꾸벅꾸벅 잠이 들었던 신조가 문득 눈을 뜨니 밖에서 웅성거리는 소리가 어렴풋이 들렸다. 그는 이내 제자들이 모였다는 것을 알아차리고는 새벽녘의 일이 머릿속에 떠올랐다.

웅성거림은 멀리서 들렸다. 강당을 들여다보았지만 아무도 없었다. 신조는 신을 신고 뒤편으로 나가 대밭을 지나 히라가와 덴진 신사가 있는 숲으로 걸어 들어갔다. 그곳에 많은 사람들이 모여 있었는데 역시 오바타 군학소의 문하생들이었다.

새벽녘에 우물가에서 상처를 씻던 두 제자는 팔을 하얀 천으로 감아 목에 걸고는 창백한 얼굴로 동문들에게 어젯밤의 참패에 대해 이야기하고 있었다.

"그럼 고지로 한 명을 상대하러 열 명이나 나가서 절반이 죽었단 말인가?"

"유감스럽지만 그놈이 모노호시자오라고 부르는 장검에는 당해 낼 재주가 없었네."

"무라타村田나 아야베綾部는 평소에도 열심히 검술 수련을 한 자들인데."

"오히려 그 둘이 맨 먼저 칼을 맞았고 나머지는 중상 아니면 경상을 입었네. 요소베与惣兵衛도 여기까지 오기는 했지만 물을 한 모금 마시더니 우물가에서 죽고 말았네. 정말 억울하고 분통이 터져 못 살겠네."

모두들 침통한 얼굴로 입을 꾹 다물고 있었다. 평소에 군사학에만 경도되어 있던 이들 중에는 소위 검이란 병졸들이나 배우는 것으로 무장이 익힐 바가 아니라고 생각하던 자가 많았다. 그런데 어이없게 사사키 고지로란 단 한 명에게 한 번도 아니고 두 번이나 동문들이 죽임을 당하자 평소에 경멸해 마지않던 검술에 자신이 없는 것이 그저 슬프기만 했다.

"어떻게 할 건가?"

무리 중 한 명이 침묵을 깨고 신음하듯 말했다.

"……"

무거운 침묵 위로 오늘도 올빼미가 울고 있었다. 그때, 어떤 자가 좋은 생각이 떠오른 듯 입을 열었다.

"내 사촌이 야규가에 봉공을 하고 있네. 야규가와 상의해서 힘을 빌리면 어떻겠나?"

"바보 같은 소리!"

몇 명이 그렇게 말했다.

"그야말로 스승님의 얼굴에 먹칠을 하는 것이나 다름없네."

"그럼 어쩌자는 것인가?"

"여기에 있는 우리들의 이름으로 사사키 고지로에게 다시 한 번 결투장을 보내는 것이네. 어두운 곳에 숨어서 기습하는 일은 하지 않는 편이 좋네. 오바타 군학소의 명예만 더럽히게 될 테니까."

"두 번째 결투장이군."

"설사 몇 번을 패한다고 해도 이대로 물러설 수는 없네."

"맞는 말이다. 하지만 신조 님이 알게 되면 또 극구 만류할 테니."

"물론이지. 병상에 누워 계시는 스승님과 신조 님에게도 비밀로 해야 하네. 그럼, 신사에서 붓과 벼루를 빌려 바로 글을 쓴 다음 고지로에게 보내도록 하세."

모두들 일어나 히라가와 덴진 신사 쪽으로 걸어가는데 앞에서 걷던 자가 깜짝 놀라며 뒤로 물러섰다.

"아니?"

그 순간, 모두가 그 자리에 멈춰 섰다. 그들의 시선은 일제히 신사의 불당 뒤에 있는 낡은 회랑 위로 쏠렸다.

햇볕이 잘 드는 벽에 청매실이 달린 늙은 매실나무가 그려져 있었는데 사사키 고지로가 그 위에 한쪽 발을 얹고 아까부터 숲속의 모임을 보고 있었던 것이다. 그들은 일순 간담이 서늘해져 얼굴이 새파랗게 변했다. 자신들의 눈을 의심하는 것처럼 회랑 위에 있는 고지로를 바라보며 숨이 멈춘 듯이 아무 말도 하지 못하고 온몸이 경직되었다. 고지로는 교만한 웃음을 지으며 그들을 내려다보며 말했다.

"여기에서 듣자 하니 아직 분이 덜 풀렸나 보군. 내게 결투장을 보낼까 말까 의논을 하고 있는 듯 그 수고를 덜어 주겠다. 난 아직 어젯밤 피 묻은 손을 씻지도 않고, 필시 너희들이 작당을 할 것을 예상하고 비겁자들의 뒤를 쫓아 이곳 히라가와 덴진으로 와서 밤을 새워 기다리고 있었다."

고지로가 예의 유장한 언변으로 소리치자 그 기세에 눌렸는지 사람들은 찍소리도 하지 못했다.

"그런데 오바타의 제자들은 결투를 하는 데도 날짜를 따지며 길일을 택하는가? 아니면 어젯밤처럼 상대가 술을 마시고 돌아가는 길목에 숨어 있다가 어둠 속에서 기습하지 않으면 싸우지 못하는가?"

"……."

"왜 잠자코 있는 게냐? 살아 있는 자는 한 놈도 없는 것이냐? 한 명씩 와도 좋고 한꺼번에 덤벼도 좋다. 이 사사키 고지로는 너희들 같은 자가 철갑을 몸에 두르고 북을 치며 달려들어도 눈 하나 깜짝할 무사가 아니다."

"……."

232   미야모토 무사시 6_하늘天의 장

"어찌된 일이냐!"

"……."

"결투는 포기한 것이냐?"

"……."

"기개가 있는 자는 없느냐?"

"……."

"잘 듣고 가슴에 새겨 두어라. 나는 도다 고로자에몬의 제자이며, 가타야마 호기노가미 히사야스片山伯耆守久安의 발도술拔刀術 비전을 터득하고 간류巌流라고 하는 유파를 세운 고지로다. 서책이나 읽으며 육도나 손자를 들먹이며 탁상공론만 늘어놓는 너희들과 차원이 다르다."

"……."

"평소에 너희들이 오바타 간베에게 무엇을 배웠는지 모르지만, 병학이란 무엇이냐? 나는 지금 너희들에게 그 실체를 몸소 가르쳐 주고 있는 것이다. 즉 어젯밤과 같은 불의의 기습을 당했을 때, 보통 사람 같으면 비록 싸움에 이겼더라도 일단은 안전한 곳으로 몸을 숨기는 법이다. 하지만 나는 상대를 전부 베고도 도망치는 자들을 쫓아 이렇게 불시에 적의 본거지에 나타나서 적들이 다시 싸울 의지를 꺾고 있다. 이것이 바로 병법의 심오한 경지인 것이다."

"……."

"나는 검술가이지 전략가가 아니다. 그런데도 군학軍學 도장까지 와서 건방지게 아는 체했다고 나를 욕하는 자도 있었는데, 이제 내가 천하의 검호일 뿐 아니라 군학에도 능통하다는 것을 잘 알았을 것이다. 하하하, 내가 그만 군학에 대해 강의를 하고 말았구나. 더 이상 강의를 하다가는 병든 오바타 간베가 먹고살 방편을 빼앗길지도 모르겠구나. 아, 목이 타는군. 눈치가 없는 자들 같으니. 고로쿠와 주로, 물 한 잔 가지고 오너라."

고지로가 뒤를 돌아보며 얘기하자 불당 옆에 있던 주로와 고로쿠가 기세 좋게 대답하며 뛰어가더니 그릇에 물을 떠 왔다.

"선생님. 싸움을 하는 겁니까, 마는 겁니까?"

고지로는 물을 다 마신 그릇을 망연히 있는 오바타의 문하생들 앞으로 내던지며 말했다.

"저기 멍한 표정을 짓고 있는 자들에게 물어보아라."

"하하하, 저자들 표정 좀 보십시오."

고로쿠가 조롱하듯 말하자 주로도 거들었다.

"꼴좋다. 기개도 없는 자들 같으니라고. 자, 선생님 그만 가시죠. 어느 한 놈도 덤빌 자는 없는듯 합니다."

고지로가 두 명을 거느리고 당당한 모습으로 히라가와 덴진 신사 밖으로 사라지는 모습을 신조는 나무 뒤편에서 바라보고 있었다.

"이놈, 어디 두고 보자!"

분노한 신조가 몸을 떨면서 중얼거렸다. 지금은 그저 참을 수밖에 없었다.

허를 찔린 제자들은 불당의 뒤편에서 아무 말도 못 하고 멍하니 있었다. 고지로가 말한 대로 그들은 완전히 고지로의 전법에 당하고 말았다. 겁에 질린 그들의 얼굴에서 처음의 호기로운 기세는 찾아볼 수 없었다. 머리끝까지 치밀어 올랐던 분노도 허무한 재로 변해 버린 듯했다. 누구 하나 고지로를 쫓아가는 사람은 없었다.

그때, 강당 쪽에서 동문 한 명이 달려오더니 지금 마을의 관집에서 관을 다섯 개나 보내왔는데 왜 그리 많이 주문했는지 물었다.

"……."

하지만 누구 하나 대답하는 자가 없었다.

"관집에서 온 사람이 기다리고 있습니다."

그가 재촉하자 그제야 누군가 침울한 표정으로 말했다.

"시체를 거두러 보낸 사람이 아직 도착하지 않았네. 잘은 모르겠지만 하나 더 필요할지 모르니 부탁하도록 하고, 가져온 것은 헛간에 잠시 넣어 두게."

이윽고 관은 헛간에 들어갔고, 모두들 강당에서 밤을 새며 죽은 동료를 조문했다. 병상의 간베가 눈치채지 못하도록 몰래 옮겼지만 그도 어렴풋이 상황을 알고 있는 듯했지만 아무것도 묻지 않았다. 신조역시 아무 말도 하지 않았다.

제자들은 그날부터 마치 벙어리가 된 듯 침통한 표정으로 아무 말도 하지 않았다. 하지만 누구보다 소극적이고 겁쟁이로 보였던 신조는 더 이상 참을 수 없다는 듯, 눈은 분노로 가득 차 있었고 가슴은 불타오르고 있었다. 그는 홀로 때를 기다리고 있었다. 그렇게 때를 기다리던 어느 날, 신조는 병상에 누워 있는 스승의 머리맡에서 보이는 커다란 느티나무 나뭇가지에 올빼미 한 마리가 날아와 앉아 있는 것을 발견했다. 그 올빼미는 언제나 같은 곳의 나뭇가지에 앉아 있었는데, 무슨 연유인지 한낮의 달을 보고 울어 댔다.

여름이 지나고 초가을 무렵부터 다른 병이 겹쳐 간베의 병세는 더 위독해졌다. 신조는 마치 올빼미가 스승의 죽음이 멀지 않았다는 것을 알려 주는 것 같았다. 여행지에 있던 간베의 외아들 요고로가 아버지가 위중하다는 소식을 듣고 즉시 돌아오겠다는 편지를 보내왔다. 요고로가 먼저 도착할지, 간베가 먼저 죽음을 맞을지 걱정하며 닷새가 지났다. 결과가 어떻든 간에 신조는 자신의 결의를 단행할 날이 다가오고 있음을 직감하고 있었다. 그는 스승의 아들이 도착하기 전날밤, 유서를 남기고 오바타 군학소의 문 앞에서 작별을 고했다.

"스승님의 허락 없이 이렇게 떠나는 죄를 부디 용서하십시오."

그는 나무 아래에서 스승이 있는 병실을 향해 절을 올리고 그곳을 떠났다.

'내일은 아드님인 요고로 님이 오실 것이니 저는 안심하고 떠납니다. 하지만 과연 제가 고지로의 목을 들고 스승님 생전에 다시 뵐 수 있겠는지요. 만에 하나, 저 역시 고지로에게 죽임을 당하면 한발 먼저 가서 스승님을 기다리고 있겠습니다.'

7권에서 계속

미야모토 무사시 6_하늘天의 장